KB102191

인생 2회 차,

축구의 신

인생 2회 차, 축구의 신 5

백린 현대 판타지 소설

초판 1쇄 찍은 날 § 2019년 11월 18일
초판 1쇄 펴낸 날 § 2019년 11월 25일

지은이 § 백린
펴낸이 § 서경석

총괄팀장 § 노종아
편집책임 § 강민구
디자인 § 소소연

펴낸곳 § 도서출판 청어람
등록번호 § 제387-1999-000006호
등록일자 § 1999. 5. 31
어람번호 § 제1-3062호

주소 § 경기도 부천시 부일로 483번길 40 서경B/D 3F (우) 14640
전화 § 032-656-4452 팩스 § 032-656-4453
http://www.chungeoram.com
E-mail § chungeorambook@daum.net

ⓒ 백린, 2019

ISBN 979-11-04-92095-0 04810
ISBN 979-11-04-92040-0 (세트)

백린 현대 판타지 소설

MODERN

FANTASTIC

STORY

5

인생 2회 차,

축구의

신

인생 2회 차,
축구의
신

Contents

전설의 포켓몬 아부 디아비

"새로 온 선수들이다. 인사하도록."

벵거의 뒤편엔 두 명의 흑인 선수가 우두커니 서 있었다.

프랑스에서 건너온 엠마누엘 아데바요르와 아부 디아비였다.

어색하게 서 있던 그들은 피레스와 플라미니, 클리시와 콜로 투레 등이 입을 열고서야 긴장을 지웠다.

팀에 프랑스어를 할 줄 아는 선수가 많다는 게 안심이 된 모양이었다.

시간이 지남에 따라 대화에 합류하는 선수들이 늘어나더니, 결국엔 훈련장에 있는 인원의 절반가량이 그들과 대화를 나누고 있었다. 오히려 나머지 인원이 소외되는 느낌마저 들게 될 정도였다.

그 현상에 당황하던 민혁은 잠깐 생각하다 쓴웃음을 물었다. 아스날 스쿼드에 프랑스어를 사용하는 사람이 제법 많다는 기억이 떠오른 탓이었다.

프랑스 출신인 로베르 피레스, 마티유 플라미니, 가엘 클리시, 파스칼 시강과 코트디부아르 출신인 콜로 투레와 엠마누엘 에보우에, 그리고 카메룬 출신인 로렌과 알렉스 송이 모두 프랑스어를 모국어로 하는 사람들이었으니, 등록된 30여 명의 스쿼드 중에서 8명이 프랑스어 사용자란 이야기였다.

거기에 아데바요르와 디아비를 포함하면 10명으로, 1군 스쿼드의 3분의 1이 프랑스어 사용자가 되는 셈이었다.

'나도 프랑스어를 배워야 하려나······.'

그러고 보면 프랑스 출신이거나 프랑스에서 뛰다 온 선수들의 합류는 앞으로도 계속될 터였다. 별일이 없다면 윌리엄 갈라스나 바카리 사냐, 사미르 나스리 등이 아스날에 합류할 터이기 때문이었다.

잠깐 고민하던 민혁은 고개를 저었다.

축구를 하기에도 바쁜데 프랑스어까지 익힐 시간은 없었다.

프랑스 무대로 진출할 생각이면 모르겠지만, 민혁은 프리미어리그에서 떠날 생각이 없었다.

설령 떠나게 되더라도 프리메라리가나 분데스리가, 혹은 세리에 A 정도가 후보군이지, 프랑스 리그 앙은 고려의 대상에 포함되지 않았다.

　그 정도 수준의 리그에서 뛰었다가는 실력이 퇴화하게 될 거라고 믿었던 탓이었다.

　"대충 인사 끝났으면 훈련 시작한다. 아, 오늘 온 둘은 떠나도 좋다."

　무심코 영어로 말했던 벵거는 멀뚱히 서 있는 아데바요르와 디아비를 보며 프랑스어로 동일한 내용을 들려주었다.

　그제야 이해를 끝낸 두 사람은 벵거에게 꾸벅 고개를 숙이고는 훈련장을 떠났다.

　이동과 계약으로 인한 피로가 쌓인 지금 훈련에 바로 참여하는 건 아무래도 무리였다.

　그로부터 며칠 후.

　벵거의 양아들로 유명한 테오 월콧이 스쿼드에 합류했다.

＊　　　　＊　　　　＊

　아스날의 1월과 2월 초는 악몽이었다. 미들즈브러에게 7 대 0 대승을 거둔 경기 이후로는 패배가 이어져, 칼링 컵과 FA 컵에서 탈락하고 3위인 맨체스터 유나이티드와의 승점도 7점까지 벌어져 버렸기 때문이었다.

그나마 다행인 부분이 있다면 적응을 끝낸 알렉산더 흘렙이 슈투트가르트에서 보였던 기량을 아스날에서도 내기 시작했다는 점이었지만, 그것만으로 침체된 분위기가 반전될 리 없었다.

"이거 안 좋은데……."

민혁은 가라앉은 훈련장 분위기에 미간을 좁혔다. 이래서야 훈련이 제대로 될 리 없었다.

더 좋지 않은 건, 이틀 후가 챔피언스리그 16강전이 있는 날이란 거였다.

"뭘 그렇게 축 처져 있어? 훈련 안 해?"

"그럴 만하지."

앙리와 피레스는 죽을상을 짓고 있는 동료들을 돌아보며 어깨를 으쓱했다. 경험이 많고 자기 컨트롤에도 능한 그들은 이런 상황에서도 웃을 수 있었지만, 아스날에 온 지 얼마 안 된 선수들을 중심으로 우울한 분위기가 잔뜩 끼어 있었기 때문이었다.

"비에이라가 그립네."

"그러게."

그들은 유벤투스로 떠난 비에이라를 떠올렸다. 그였다면 이런 침체된 분위기를 단번에 바꿀 수 있었겠지만, 남아 있는 선수들 중엔 비에이라에 버금가는 리더십을 가진 선수가 없었다.

그런 우울함이 점점 번져 나갈 때, 훈련장으로 들어온 벵거는 두어 번 손뼉을 쳐 주의를 집중시키고는 입을 열었다.

"다들 알겠지만, 이틀 후엔 레알 마드리드와 경기가 있다."

그는 서류철을 펼쳐 들어 그것을 보며 말을 이었다.

"오늘은 그 경기의 모의전이다. 하지만 모의전이라고 해서 대충 할 생각은 하지 말고 최선을 다해라."

벵거는 팀을 둘로 나눠 45분 동안 이어지는 모의전을 지시했다.

시간은 짧지만 풀코트를 사용하는 경기라 전술 점검을 하기에 부족함은 없었다.

B팀에 소속된 민혁은 양 날개인 흘렙과 월콧, 그리고 미드필더에 배치된 디아비를 보고는 벵거의 의도를 이해할 수 있었다.

흘렙에게 카사노의 역할을, 그리고 월콧에게 라울의 역할을 맡기고, 디아비에게 지단의 역할을 맡김으로써 레알 마드리드와 흡사한 분위기를 내기 위한 배치였다.

'근데 왜 내가 여기 있지?'

민혁은 의아해졌다. 자신이 있는 위치는 베컴과 밥티스타가 돌아가며 담당하던 중앙 공격형미드필더였는데, 민혁 자신의 플레이는 베컴이나 밥티스타 그 어느 쪽과도 다른 유형이기 때문이었다.

"윤, 무슨 질문이라도 있나?"

"네? 아… 네."

민혁은 의아해하던 것을 물어보았다. B팀은 가상 레알 마드리드일 텐데, 베컴과 밥티스타와 전혀 다른 유형인 자신이 왜 이 위치에 있는지에 대해서였다.

벵거는 명쾌한 대답을 내놓았다.

"아무리 가상 레알이라지만 전력 면에선 차이가 크지. 그렇지 않나?"

"그렇겠죠."

"그래서 널 거기에 배치한 거다."

"네?"

"네가 그곳에 있어야 레알 마드리드와 비슷한 파괴력을 낼 테니까."

벵거는 눈을 크게 뜬 민혁의 어깨를 두드리며 말을 이었다.

"넌 아직 베컴의 수준에 도달하지 못했지만, 그 자리에서는 네가 베컴보다 나을 거다."

민혁은 묘한 감격에 젖어들었다.

회귀 후 오랫동안 축구를 했지만, 벵거에게 그런 말을 들은 건 이번이 처음이었다.

벵거는 감격에 젖은 민혁에게서 고개를 돌려 선수들을 바라보며 말했다.

"B팀도 수비에 전념하지 말고 공격 위주의 플레이를 펼쳐라. 산티아고 베르나베우에서 레알이 수비에 치중할 리 없으니까."

"알겠습니다!"

"좋아, 그럼 시작하도록."

벵거는 목에 건 휘슬을 불었다. 모의전 시작이었다.

그렇게 연습경기가 시작된 지 20분이 지나갈 무렵, 민혁은 디아비의 플레이를 보고 입을 벌렸다. 마치 지네딘 지단을 연상시키는 플레이였다.

'아 참. 디아비 별명이 검은 지단이었지.'

감탄을 지워낸 민혁은 고개를 끄덕였다. 디아비라면 충분히 보일 수 있는 모습이었다.

하기야 제 잘난 맛에 살던 폴 포그바도 자신은 디아비에 비하면 아무것도 아니라는 이야기를 남겼을 정도가 아니었는가.

2018년 포포투와의 인터뷰에서, 포그바는 이니에스타와 다비드 실바, 케빈 더 브라위너와 루카 모드리치, 토니 크로스 다음으로 아부 디아비를 언급하며 그들은 자신보다 수준이 높은 미드필더라는 이야기를 꺼내 모두를 놀라게 했다.

이니에스타부터 토니 크로스까지는 모두가 인정하는 월드클래스였지만, 디아비는 전설의 포켓몬으로만 알려졌던 선수기 때문이었다.

하지만 포그바는 진지하게 디아비를 언급했다. 부상이 많아 경기에 많이 나오지 못했던 선수지만, 디아비는 놀라운 재능을 가진 선수며 자신이 롤 모델로 존경하고 있는, 누가 뭐래도 자신보다 뛰어난 선수라는 내용이었다.

회귀 전의 민혁도 그 평가에 공감했었다.

농담 삼아 지단이 하얀 디아비라는 말이 나올 정도로 뛰어난 볼 터치와 드리블을 가지고 있던 데다, 패스와 중거리 슈팅도 지단에 비해서 그다지 떨어지지 않는 모습을 보여왔던 디아비였으니까.

하지만 그에겐 치명적인 결점이 있었다. 다들 잘 아는 유리몸 기질이었다.

맨체스터 유나이티드의 하그리브스는 1179일을 부상으로 드러누움으로써 '생성 선수'라는 별명을 갖게 되었지만, 그건 디아비의 절반을 약간 넘는 수치에 불과했다.

전설의 포켓몬 아부 디아비는 10시즌 동안 2156일을 병상에서 보냈다.

당시 EPL 부상일 수 2위를 기록했던 래들리 킹의 1318일과 비교해도 압도적인 수치였고, 유럽의 주요 리그에서 뛰는 모든 선수를 후보군에 넣어도 그보다 병상에 많이 누워 있던 선수는 없었다.

게다가 아스날을 벗어나 마르세유에 입단한 후에도 500일가량을 병상에서 보낸 끝에 방출을 당했으니, 그야말로 전설의 포켓몬이란 말이 무색하지 않을 지경이었다.

'근데… 아직은 몸이 좀 멀쩡할 시기 아닌가?'

민혁은 고개를 갸웃했다. 아부 디아비가 전설의 포켓몬으로 진화하는 건 2010−11 시즌 무렵이란 기억이 있었던 탓이었다.

"그럼 몸 상태 잘 체크해 가면서 관리 잘하면 좀 덜 누울 수도 있다는 건데……."

생각을 이어가던 민혁은 날아온 패스에 생각을 멈췄다. 지금은 플레이에 집중할 때였다.

공을 잡은 민혁은 플라미니의 압박을 벗겨내고 중앙을 파고들었다.

뒤이어 몸싸움을 시도해 오는 파브레가스의 압박에서는 턴(Turn)으로 벗어난 민혁은 측면을 파고드는 흘렙을 보고 패스를 날렸고, 달려들며 공을 잡은 흘렙은 에보우에와 캠벨 사이를 파고들어 돌진하다 뒤편의 민혁에게 공을 넘겼다.

자기 진영으로 돌아와 있던 플라미니는 공을 잡은 민혁에게 몸싸움을 걸었다.

그것에 응해줄 생각이 없던 민혁은 오른발 바깥쪽 면으로 공을 밀어 로렌에게 넘겼으며, 로렌은 중앙으로 들어간 아데바요르를 노리고 크로스를 올렸다. 공중볼 싸움이라면 아데바요르에게도 승산이 있었다.

아데바요르는 기대에 부응했다. 하지만 헤딩슛을 할 만한 각도는 없었기에, 그는 뒤에서 달려오는 선수를 보고 공을 떨어뜨렸다.

공을 잡은 건 디아비였다.

디아비는 공을 잡자마자 슛을 날려 골망을 흔들었다. 아데바요르에게 시야가 가려졌던 레만이 반응할 시간을 주지 않는 중거리 포였다.

벵거는 휘슬을 불어 골을 알렸다.

"와, 잘하는데?"

훈련장의 모두는 디아비의 플레이에 감탄을 터뜨렸다. A팀의 수비수와 B팀의 공격수가 얽혀 좁은 공간밖에 나오지 않던 상황에서, 디아비는 공을 잡지도 않고 바로 때린 슛으로 골망을 흔든 것이다.

벵거는 기쁜 표정으로 박수를 쳤다. 시간이 지나면 비에이라의 빈자리를 디아비가 완벽하게 채울 수 있으리란 느낌이 들어서였다.

그를 본 민혁은 묘한 느낌에 사로잡혔다. 과연 저 디아비가 전설의 포켓몬이 된 후에도 저렇게 웃을 수 있을까 싶은 느낌이 들어버린 탓이었다.

하기야 아직은 건강한 디아비였다.

부상 초기에 치료만 제대로 한다면야 10시즌 동안 142경기밖에 못 뛰는 선수가 되지는 않을지도 몰랐다. 하기에 따라서는 전설의 포켓몬에서 그냥 포켓몬 정도는 될 수도 있다는 이야기였다.

하지만 그게 마음대로 되는 일일까.

"환호 끝났으면 포메이션대로 서라. 아직 10분 이상 남았으니까."

벵거는 웃음을 지우고 지시를 내렸다.

지금은 레알 마드리드와의 챔피언스리그 16강 1차전 대비에 집중할 때였다.

모의전은 3 대 2로 끝났다. 막판에 세 골을 몰아 넣은 A팀의 승리였다.

그로부터 이틀 후.

·마드리드의 산티아고 베르나베우에서, 레알 마드리드와 아스날의 챔피언스리그 16강 1차전이 열렸다.

*   *   *

레알 마드리드와의 16강 1차전은 티에리 앙리의 득점에 힘입어 1 대 0 승리로 끝을 맺었다. 침체되어 있던 팀의 분위기를 단번에 전환하는 득점포였다.

민혁은 후반 막판에 그라운드로 나서 아홉 번의 볼 터치를 기록했다.

골이나 어시스트도 기록하지 못한 경기인 데다 출전한 시간도 10분 남짓이라 평점을 기대하지 않았건만, BBC는 민혁에게 7점이란 높은 점수를 주었다.

지단과 엘게라 사이를 뚫고 들어가 날린 중거리 포가 레알 마드리드를 위축시켜 분위기를 반전시켰다는 코멘트가 붙은 평가였는데, 그 슛이 실점 후 공격에 집중하던 레알 마드리드를 갈팡질팡하게 만들었음을 생각하면 납득할 만한 이야기였다.

그 경기의 승리로 기세를 탄 아스날은 프리미어리그에서도 상승세를 이어갔다.

본래대로라면 패배했을 블랙번 로버스전은 민혁과 파브레가스의 골로 승리를 거뒀고, 그다음 경기들에선 신입생인 아데바요르와 디아비가 득점을 기록해 벵거를 기쁘게 했다.

특히 아데바요르의 활약은 눈부실 정도였다.

그는 5경기를 뛰는 동안 무려 3개의 골을 기록했다. 1월 13일에 스쿼드에 합류했음을 생각해 보면 정말 뛰어난 적응력과 경기력이라 하지 않을 수 없었다.

"쟤도 잘하네."

"그렇죠?"

민혁은 베르캄프의 감상에 동의하며 아데바요르의 볼 터치를 바라보았다. 큰 키에도 불구하고 유연한 볼 터치를 하는 게 인상 깊었다. 그의 우상인 은완코 카누를 연상하게 만드는 플레이였다.

"카누랑 비슷하죠?"

"카누가 좀 더 낫지. 한 5년 정도 있으면 비슷하겠네."

베르캄프는 자리에서 일어나 훈련을 보고 있는 벵거에게 다가갔다. 아무래도 미니 게임에 참여하고 싶은 것 같았다.

잠깐 벵거와 대화를 나누던 그는 흘렙을 대신해 경기장에 들어섰다. 아데바요르와 맞대결을 하고 싶었던 모양이었다.

"곧 은퇴할 사람이 무슨 경쟁심을 불태우는 거지……."

민혁은 웃으며 고개를 저었다. 결과가 뻔히 보였던 탓이었다.

미니 게임의 결과는 민혁의 예상과 다르지 않았다. 나이가 들어버린 베르캄프는 아데바요르와의 맞대결에서 체력의 열세를 이기지 못하고 손을 들었다.

기술적인 면에선 베르캄프가 훨씬 더 우월했지만, 몸싸움이 한번 일어날 때마다 눈에 보일 정도로 체력이 깎여 나간 탓이었다.

"아, 역시 젊은 놈은 못 당하겠다니까."

베르캄프는 지쳤다는 표정으로 손을 들고 밖으로 나가더니, 구경하던 민혁에게 다가와 그를 경기장에 밀어 넣었다.

"뭐예요?"

"대타."

"…네?"

"신입한테 실력 좀 보여주라고."

민혁은 피식 웃고는 벵거를 보았다.

눈이 마주친 벵거는 고개를 끄덕였다. 아데바요르와 반 페르시로 베르캄프를 대체할 생각이지만, 아직까진 민혁도 4—4—2 포메이션의 세컨드스트라이커 후보군에 넣고 있는 뱅거였다.

이렇게 된 김에, 민혁과 아데바요르의 맞대결도 확인해 볼 생각이었다.

"조끼 주세요."

민혁은 베르캄프가 입고 있던 조끼를 받아 몸에 걸쳤다.

그는 베르캄프가 있던 자리로 갔다. 7 대 7 미니 게임이라 포메이션이 조금 애매한 느낌이었으나, 다행히 민혁에게 익숙한 중앙미드필더 자리는 비어 있었다. 아마도 베르캄프가 세컨드스트라이커처럼 플레이했기 때문인 것 같았다.

"스쿠 아타콕(Seconde Attaquant: 세컨드스트라이커)?"

아데바요르는 놀란 표정으로 민혁에게 물었다. 지난 몇 달 동안 민혁이 중앙미드필더로만 플레이를 했던 탓에, 그가 세컨드스트라이커 자리에 있다는 것 자체가 놀라웠던 모양이었다.

민혁은 그에게 고개를 끄덕여 보인 후 뱅거를 보았다. 준비가 다 되었다는 사인이었다.

"좋아. 플레이 재개해라. Jouer(Play)!"

뱅거는 말을 끝내자마자 휘슬을 불었다.

민혁과 같은 팀이던 디아비가 민혁에게 공을 밀어 주었다. 그 자리에서 얼마나 잘하나 한번 보겠다는 듯한 의도가 느껴지는 패스였다.

공을 받은 민혁은 가벼운 턴으로 압박을 벗어나며 중앙으로 달렸다. 그곳을 점유하고 있던 아데바요르는 드리블을 하며 다가오는 민혁을 상대로 몸싸움을 걸려는 움직임을 보였고, 의도를 읽은 민혁은 그와 부딪치는 대신 측면으로 들어가는 클리시를 보고 패스를 넣었다.

아데바요르는 공을 따라 고개를 돌렸다. 동시에 자유를 얻은 민혁은 가벼운 몸놀림으로 그의 뒤편으로 침투했고, 클리시는 앞으로 침투한 민혁에게 다시 공을 넘겼다. 2 대 1 패스의 교과서 같은 플레이였다.

공을 받은 민혁은 왼발로 공을 공중에 띄워 센데로스의 수비를 벗겨낸 후, 공이 낙하할 지점으로 들어가 다이렉트 힐킥으로 패스를 넣었다.

공은 민혁의 뒤를 따라 들어온 디아비의 오른발이 위치한 장소에 정확히 들어갔다. 그대로 때려 넣기만 하면 골 찬스가 나오는 상황이었다.

하지만 디아비는 슛을 날리지 못하고 공을 놓쳤다. 공이 들어올 거라고는 생각도 못 했던 까닭이었다.

"오, 파던(Oh, Pardon:미안)!"

디아비는 당황하며 민혁에게 사과했고, 베르캄프와의 맞대결에서 자신감을 얻었던 아데바요르는 눈을 동그랗게 뜨고 민혁을 보았다. 어째 민혁의 움직임이 베르캄프보다 훨씬 더 좋아 보인 탓이었다.

벵거는 그를 보며 프랑스어로 말했다.

"베르캄프가 젊었을 땐 저것보다 훨씬 더 잘했다. 지금은 전성기의 절반에도 못 미칠 정도야."

아데바요르는 멍한 표정으로 고개를 끄덕였다. 아무래도 민혁의 플레이에 감탄한 것 같았다.

미니 게임은 10분을 더 진행한 후 끝을 맺었다. 아데바요르는 훈련이 끝난 후 민혁에게 다가와 이야기를 꺼냈지만 언어의 벽을 넘지 못하고 좌절하며 돌아갔다. 통역을 해줄 만한 선수들이 모두 샤워장으로 가버렸기에 일어난 현상이었다.

"음… 진짜 프랑스어를 배울까."

잠깐 고민하던 민혁은 조금 더 생각해 보기로 하고 샤워장으로 향했다. 그러나 시간이 지나자 어차피 조금 있으면 아데바요르가 영어를 배울 테니 꼭 배워야 하는 건 아니지 않을까 하는 생각이 민혁의 머릿속을 점령해 갔다. 아무래도 민혁이 프랑스어를 배울 날은 오지 않을 것 같았다.

샤워를 끝내고 옷을 갈아입은 민혁이 훈련장을 나갈 때, 민혁의 앞에 뜻밖의 사람이 나타났다.

"스카이 스포츠의 톰 윌슨입니다. 이틀 뒤 있을 경기에 대해 인터뷰를 진행하고 싶은데, 지금 시간 괜찮으십니까?"

"네?"

민혁은 의외라는 표정으로 기자를 보았다. 맨체스터 유나이티드와의 경기를 앞둔 상황에서의 인터뷰라면 자신보단 앙리를 찾는 게 이치에 맞았기 때문이었다.

궁금함을 참지 못한 민혁은 그에게 물었다.

"왜 저죠?"

"맨체스터 유나이티드에 입단한 지(Ji)와의 코리안 더비가 있으니까요."

"아……."

인터뷰를 거절하려던 민혁은 잠깐 생각하다 고개를 끄덕였다. 이렇게 훈련장까지 찾아와 인터뷰를 시도하는 기자라면 기레기 소리는 듣지 않는 사람이라 판단한 것이었다.

톰 윌슨은 근처에 있는 카페로 민혁을 안내한 후 자리를 잡고 인터뷰를 시작했다.

"리그 20라운드에선 두 분 다 결장을 했었는데요, 맨유에서는 이번 32라운드에 지를 내보낼 생각이라고 들었습니다. 아스날은 어떻죠?"

민혁은 머리를 긁었다. 선발 명단에 대해서는 들은 바 없었다.

"아직 들은 내용이 없는데요. 들었어도 외부에 공개할 내용은 아니고요."

"그렇군요……."

톰 윌슨은 아쉽다는 표정으로 코를 만졌다. 이래서야 기사를 쓸 만한 내용이 없었다.

민혁은 커피 잔을 들며 그에게 물었다.

"설마 '아스날의 윤민혁, 맨체스터의 지는 자신의 상대가 아니라고 언급' 같은 기사는 안 쓰실 거죠?"

"저도 자존심이 있습니다. 날조는 안 해요."

그는 진지한 표정으로 말했다. 겉으로 드러난 모습만 보면 저널리스트로서의 프라이드를 가진 사람 같았다.

그때까지도 경계심을 가지고 있던 민혁은 안도의 한숨을 쉬었다. 지난번 기레기에게 당해 무수히 욕을 먹었던 기억이 그제야 흐려지는 느낌이었다.

그걸 보며 고개를 갸웃하던 윌슨은 다음 내용으로 화제를 돌렸다.

"그럼 출전은 넘어가고, 새로 영입된 선수들 중에서 가장 기대되는 선수가 누군지 물어도 될까요?"

"…그걸 왜 제게 물어보시죠?"

"아스날 코치진이 그러더군요. 윤은 정체 모를 일류 스카우터과 친하다고요. 그렇다면 영입된 선수들에 대해서도 들은 바가 있지 않을까 싶어서 여쭤봤습니다."

"아, 네."

민혁은 대충 납득한 표정으로 입을 열려다 멈칫하며 그를 보았다.

'이거 뭔가 이상한데.'

민혁은 톰 윌슨을 수상하단 시선으로 쳐다보았다. 어째 인터뷰가 목적이 아니라 아스날의 정보를 캐는 게 목적인 것 같다는 느낌이었다.

'기자가 맞긴 맞는 것 같은데…….'

그는 눈앞의 윌슨을 잠깐 보았다.

윌슨의 목엔 스카이 스포츠 기자증이 걸려 있었다. 위조한 기자증으로 보이지는 않았다.

하지만 이 찜찜함은 도대체 뭐란 말인가.

고민하던 민혁은 반쯤 테스트하는 심정으로 입을 열었다. 일종의 함정을 파볼 생각이었다.

"이번에 영입된 선수들은 다 잘하죠. 아데바요르나 디아비나 월콧 모두 다 장점이 뚜렷한 선수들이니까요. 그런데……."

"그런데?"

"지금 아스날에서 관찰 중인 선수가 오면 또 어떻게 될지 모르죠. 어쩌면 저도 자리를 뺏길지도 모르고요."

윌슨은 놀란 표정으로 수첩을 들었다. 세스크 파브레가스와 함께 아스날의 차기 에이스로 꼽히는 민혁을 긴장시키는 선수가 있음에 호기심을 느끼는 것 같기도 했다.

"그게 누군지 물어도 될까요?"

"상파울루에 있는 데닐손이요."

"브라질 청소년대표팀 주장인 데닐손 파헤이라 네베스 말인가요?"

"네, 벵거 감독님 영입 리스트에도 중요 표시가 되어 있더라고요."

톰 월슨은 눈을 빛냈다.

"아르센 벵거의 중요 영입 명단에 상파울루의 데닐손이 있다는 건가요?"

"상파울루에서 브라질 최고의 유망주로 꼽고 있는 선수니까요. 피지컬은 별로지만 기술은 좋은 데다 예상되는 이적료도 크지 않거든요. 대충 400만 파운드 정도?"

"400만이라……."

민혁은 일단 되는 대로 질렀다. 왠지 데닐손을 다른 팀으로 떠넘길 수 있을 것 같았기 때문이었다.

"데닐손이 유명한 선수는 아니지만 재능만 보면 굉장한 선수죠. 브라질의 사비 알론소랄까……."

"리버풀에 있는 사비 알론소를 말씀하시는 겁니까?"

"네."

톰 월슨은 자기도 모르게 입을 벌렸다. 2004—05 시즌 챔피언스리그 우승의 주역이자 리버풀 부동의 주전인 사비 알론소와 비교될 만한 인재라면 유럽의 모든 구단이 탐낼 만한 재목이었다.

민혁은 그의 표정을 보고는 진지함을 가장하며 입을 열었다.

"참, 이거 기사로 나가면 안 돼요. 그럼 앞으로 인터뷰 안할 겁니다."

"어, 음……."

고민하던 그는 진지한 표정으로 말했다.

"알겠습니다. 데닐손 선수에 대해선 기사를 내지 않도록 하죠."

민혁은 순간 아차 하는 심정이 되었다. 차라리 기사가 나가서 모든 구단이 데닐손에게 달라붙는 게 낫지 않을까 하는 생각이 들어서였다.

하지만 여기서 발언 철회를 할 수도 없는 일이라, 민혁은 눈물을 삼키며 화제를 돌렸다. 그가 개인적으로 아는 코치나 감독에게 데닐손을 추천하기를 바랄 수밖에 없는 상황이었다.

그로부터 열흘 뒤.

BBC와 스카이 스포츠 등의 매체를 통해, 맨체스터 유나이티드의 데닐손 영입이 발표되었다.

*   *   *

〈맨체스터 유나이티드, 상파울루의 유망주 데닐손 파헤이라 네베스 영입〉

[맨체스터 유나이티드가 새로운 미드필더의 영입을 발표했다. 아무도 예상하지 못했던 깜짝 영입이었다.

잉글랜드의 명문 구단 맨체스터 유나이티드의 스카우터이자 알렉스 퍼거슨 감독의 동생인 마틴 퍼거슨은 '데닐손은 무한한

잠재력을 가지고 있다. 우리는 그가 제2의 사비 알론소가 될 거라는 확신을 가지고 있으며, 따라서 그를 영입하는 데 있어 아무런 부담도 느끼지 않았다. 이런 선수를 고작 350만 파운드에 영입할 수 있었다는 데에 신께 감사를 드리는 바이다.'라고 말해 데닐손에 대한 기대가 큼을 감추지 않았다.

비록 이번 월드컵 출전 명단에 들어가지는 못한 데닐손이지만, 그는 브라질 17세 이하 청소년대표팀의 주장으로 뽑힘으로써 뛰어난 재능을 가지고 있음을 간접적으로 증명하였다.

데닐손은 맨유와 5년의 장기계약을 체결했는데, 마지막 해의 출전 경기 수에 따라서는 2년의 추가 계약이 자동으로 갱신되는 옵션이 포함된 것으로 알려졌다.

인터뷰장에 등장한 데닐손은 '세계에서 제일 훌륭한 클럽에 입단하게 되어 영광이다. 알렉스 퍼거슨 감독과 함께하는 것은 꿈만 같은 일이며, 이번 기회를 살려 세계 최고의 미드필더로 성장하겠다.'라는 포부를 밝혔다.

데닐손은 다음 시즌이 시작되는 2006년 8월에 맨체스터 유나이티드에 합류할 것으로 보이며……]

"만세!"

민혁은 환호했다. 데닐손을 아스날에서 치워 버린 것이다.

그것도 맨체스터 유나이티드로!

"아, 이거 꿈 아니지?"

민혁은 자신의 볼을 꼬집어 보았다. 아스날에서 무려 153경기를 뛰고도 발전이 전혀 없던 먹튀를 맨유로 보냈단 사실에 환호를 멈출 수 없었다.

말이 153경기지, 리그만 96경기에 챔피언스리그가 29경기였다. 거기에 각종 컵 대회가 28경기였는데, 그만한 경험치를 쌓고도 맨유의 안데르송과 막상막하의 경기력을 보였음을 생각하면 한숨이 터져 나올 지경이었다.

"하긴, 그래도 안데르송보단 낫지."

골든 보이 수상자에서 먹튀가 되어버린 올리베이라 안데르송은 맨유에서 181경기를 뛰었다. 웬만한 클럽이라면 레전드 소리를 들을 만한 출장 수였다.

하지만 그를 맨유의 레전드로 기억하는 사람은 아무도 없었다. 희대의 노룩패스만이 그가 남긴 유일한 유산이었으니까.

그래도 안데르송은 다소 억울한 측면이 있을 수 있었다. 초반 공격형미드필더로 뛰던 시기엔 제2의 호나우딩요라는 별명에 맞는 활약을 보여줬지만, 퍼거슨이 스콜스를 중용하고 안데르송을 수비형미드필더로 활용하면서부터 망가졌기 때문이었다.

리즈의 자랑이었던 앨런 스미스가 망가진 것과 완벽히 똑같은 흐름이었다.

그 점을 생각하던 민혁은 갑자기 일어난 오한에 몸을 떨었다. 만약 자신이 맨유로 갔다면 그와 똑같은 꼴이 되지 않았을까 하는 생각이 들어서였다.

하기야 퍼거슨의 스콜스 사랑은 유명했다. 폴 포그바를 놔두고 스콜스를 예토전생 시킨 것만 보아도 알 수 있는 사실이었다. 민혁이 아스날이 아닌 맨유를 택했다면 그런 일이 벌어질 가능성이 낮지는 않았다는 이야기였다.

오한을 털어낸 민혁은 안데르송에 대해 조금 더 생각하다, 그가 받은 상을 떠올리며 아쉬워했다.

"골든 보이도 많이 아쉽네."

민혁은 입맛을 다셨다. 지난 2004—05 시즌엔 부상으로 제대로 뛰지 못했고, 주전으로 도약한 이번 시즌엔 파브레가스가 며칠 전 끝난 유벤투스전에서 보여준 활약이 너무도 뛰어났다.

그 경기는 민혁 자신이 회귀하기 전에도 파브레가스가 평점 10점을 기록한 경기였는데, 파브레가스는 이번에도 비에이라가 포함된 유벤투스의 중원을 완전히 농락하며 평점 10점을 받은 것이다.

민혁도 그 경기에서 평점 9를 기록했지만, 아무래도 파브레가스에게 이목이 쏠리는 건 어쩔 수 없었다. 그 경기에서 보여준 파브레가스의 경기력도 경기력이었지만, 그가 민혁보다 3살이나 어리기 때문이었다.

'뭐… 이니에스타도 골든 보이는 못 받았으니 어쩔 수 없지.'

골든 보이는 만 21세 이하의 선수들을 대상으로 수여되는 상이었다. 84년생인 민혁이라면 사실상 이번 시즌이 마지막 기회라는 뜻이었는데, 아마도 그 상은 민혁이 아닌 파브레가스의 차지가 될 것 같았다.

하지만 본래 파브레가스가 타야 할 상이라는 점, 그리고 골든 보이가 그렇게 권위 있는 상도 아닌 데다가 안데르송이나 발로텔리, 헤나투 산체스 같은 선수들도 받은 상이라는 걸 생각하자 아쉬움은 많이 줄어들었다.

어차피 중요한 건 발롱도르가 아니겠는가.

"그러고 보니 호날두도 골든 보이는 못 받았네."

거기에 생각이 미친 민혁은 아쉬움을 완전히 털어내었다. 웨인 루니와 리오넬 메시에게 밀려 골든 보이를 받지 못한 호날두지만 세계 최고의 커리어를 기록한 선수가 되었음이 떠올랐기 때문이었다.

물론 회귀 전의 이야기지만, 민혁 자신이라는 변수가 없다면 이번에도 그렇게 될 게 뻔했다.

"…잘하긴 진짜 잘하던데."

민혁은 지난 맨유전에서 상대했던 크리스티아누 호날두를 떠올려 보았다. 그 경기에서 가장 위협적이었던 건 웨인 루니였지만, 윙으로 나온 두 사람도 아스날의 수비진을 탈탈 털었다.

하기야 한 명은 세계 축구의 전설이 될 선수고, 또 다른 한

명은 대한민국의 전설이 될 선수였으니 그런 결과가 나오는
것도 당연했으리라.

"루니도 잘하고."

민혁은 턱을 괴고 생각에 잠겼다. 그러고 보면 웨인 루니가
굉장한 활약을 보이긴 했지만, 16세 이하 팀에서 보았을 때만
큼의 압도적인 느낌은 없었다.

그땐 저런 놈을 어떻게 이기나 싶은 느낌이었다면, 지금은
조금만 더 노력하면 따라잡을 수 있을 듯한 느낌이었다. 민혁
자신이 그만큼 성장했거나 루니가 정체기에 들어섰단 이야기
였다.

가능하면 전자였으면 좋겠다고 생각하던 민혁은 드드득 하
는 소리를 듣고는 고개를 돌렸다. 책상 쪽에서 흘러나온 소리
였다.

소리의 근원지는 책상에 올려놓은 핸드폰이었다.

*　　　　*　　　　*

아르센 벵거는 의중을 알 수 없는 시선으로 민혁을 보았다.
왠지 불안해지는 느낌이었다.

"저……."

"데닐손에 대해 기자에게 이야기했다지?"

"…네."

벵거는 깍지 낀 손에 이마를 대고 말을 이었다.

"네가 데닐손을 어떻게 알았는지는 모르겠지만, 톰 윌슨에게 이야기를 꺼낸 건 실수였다. 톰 윌슨은 맨체스터 유나이티드 운영진과 친한 기자야. 아마 은연중에 정보를 흘렸을 거다."

"그거 일부러 그런 건데요."

"뭐?"

벵거는 고개를 들고 민혁을 보았다. 너무도 뜻밖의 이야기인 탓이었다.

"네가 경쟁이 싫어서 그랬을 리는 없고……."

"어, 경쟁은 싫어하지만 데닐손이 무섭진 않아요. 분명히 망할 선수거든요."

"…왜 그렇게 생각하지?"

민혁은 벵거의 표정을 눈치채지 못한 채 입을 열었다.

"데닐손은 전진패스라는 걸 모르는 데다 체력도 조루에 가깝거든요. 쓸데없이 열심히 뛰기만 하다가 후반에 지쳐서 백패스만 돌리는 선수가 필요한 건 아니잖아요?"

벵거는 잠시 입을 다물었다. 머릿속이 복잡한 느낌이었다. 잠깐 고민하던 그는 감았던 눈을 뜨며 민혁에게 물었다.

"네가 아는 그 스카우터, 브라질에도 커넥션이 있나?"

"어… 커넥션은 아니지만 정보는 좀 있을 거예요."

민혁은 어색한 표정으로 말했다. 너무 신을 내버렸다는 느낌이었다.

그를 묘한 시선으로 보던 벵거는 시선을 옆으로 돌리며 고개를 끄덕였다.

'그러고 보니, 카를로스 테베즈와 하비에르 마스체라노에 대해서도 이야기를 했었지.'

벵거는 옅은 아쉬움을 흘렸다. 그 두 선수가 브라질에서 엄청난 활약을 보이며 대표 팀에 합류했단 정보를 입수했기 때문이었다.

그럼에도 아쉬움이 크지 않았던 건, MSI가 요구한 3,500만 파운드는 과하다는 생각을 지울 수 없어서였다. 경기장 신축에 들어간 지금 수비형미드필더에게 그만한 돈을 낼 수는 없는 일이었다.

데닐손을 영입하려고 했던 것도 가능성에 비해 이적료가 싸기 때문이 아니었던가.

"그래, 데닐손은 성공하기 힘들다고 했나?"

"네. 차라리 디아비를 밀어주는 게 나아요. 유리 몸이라는 게 문제라 그렇지."

"혹시 그 포지션에 다른 선수를 추천한다면 누가 있는지 들은 적 있나? 가능하면 800만 이하로."

"그 가격이면 미켈 아르테타를 데려와서 젝서(Sechser)로 쓰는 게 제일 좋은데, 이번 시즌에 에버튼에 입단했으니 데려오기 힘들겠죠."

"젝서?"

"네. 파이터를 원한다면 칠레에 있는 아르투로 비달이 좋을 것 같고요."

벵거는 잠깐 책상을 톡톡 치다 입을 열었다.

"그건 네 생각인가?"

"어… 그렇죠 뭐."

"알았다. 아, 그리고."

잠깐 고민하던 그는 민혁을 똑바로 보며 말했다.

"너도 생각이 있어서 한 행동이겠지만, 앞으로는 이런 일이 없었으면 좋겠구나. 아무리 네가 신뢰하는 사람이라도 항상 맞는 건 아니니 말이다."

민혁은 어색한 표정으로 고개를 숙여 인사하고는 감독실을 나왔다. 마음 같아서는 데닐손 망하는 걸 내가 똑똑히 봤다고 하고 싶지만, 그랬다간 미친놈 취급을 받아 정신병원으로 끌려가게 될지도 몰랐다.

"…뭐, 나중엔 나한테 고마워하겠지."

민혁은 그렇게 중얼거리며 집으로 향했다.

그날 나눈 이야기에 납득을 했는지는 몰라도, 벵거는 다음 날부터 디아비의 수비형미드필더 배치를 본격적으로 시험해 보았다.

디아비의 공격력이 아쉽긴 했지만, 미드필더진에 민혁과 파브레가스라는 두 명의 선수가 존재하는 이상 그를 중앙으로 올리는 건 무리가 있었다. 수비 밸런스가 완전히 붕괴될 우려가 있기 때문이었다.

다행히 디아비는 수비형미드필더의 역할도 훌륭하게 수행해 벵거를 안심시켰다. 공격적 성향이 강해 이따금씩 앞으로 튀어나오는 게 문제였지만, 그런 상황이 되면 민혁과 파브레가스가 조금씩 뒤로 처져서 시간을 끄는 식으로 대응하면 될 것 같았다.

"좋아. 잘했다."

벵거는 흐뭇한 표정으로 박수를 쳤다.

그는 다음 라운드인 토트넘전에서 디아비를 수비형미드필더로 활용해 보았다. 민혁이 회귀하기 전이었다면 4위를 두고 경쟁하는 관계인 토트넘과의 경기에서 모험 수를 던질 수 없었을 테지만, 지금은 토트넘을 여유 있게 따돌리고 있는 상황이라 디아비의 수비형미드필더 배치를 시험하기에 제격이었다.

디아비는 그 경기에서 맨 오브 더 매치급의 활약을 보이며 아스날을 승리로 이끌었다. MOM으로 선정된 것은 2골을 넣은 앙리였지만, 디아비의 활약도 그 못지않다는 평가가 줄을 이었다.

벵거는 경기 후 가진 인터뷰에서 기쁨을 감추지 않았다. 디아비는 이번 경기에서 리그 정상급 수비형미드필더가 갖춰야 할 모습을 모두 보여주었으며, 앞으로도 이런 활약을 기대한

다는 찬사가 몇 번이나 이어졌다. 그가 비에이라의 빈자리를
완벽히 채울 수 있다는 기대감 때문인 듯싶었다.

하지만 그 기쁨은 그리 오래가지 못했다.

그다음 경기인 리그 36라운드 선더랜드전에서, 디아비가 4주
짜리 부상을 끊었기 때문이었다.

2

2006 독일 월드컵
–
대표 팀 합류

아스날은 승점 75점으로 리그 4위를 차지했다. 민혁이 회귀하기 전과 비교하면 승점이 8점이나 오른 결과였지만, 벵거 부임 후 최악의 순위를 기록했다는 점에선 실패한 시즌이라 해야만 했다.

그보다 더 큰 실패도 있었다. 2005—06 챔피언스리그 우승을 바르셀로나에게 빼앗겼단 점이었다.

민혁은 아스날의 프리미어리그 마지막 경기였던 위건 애슬래틱전에서 부상을 입게 되면서 출장이 불가능해졌고, 그로인해 민혁이 회귀하기 전의 스쿼드로 경기에 나선 아스날은 레만의 퇴장에 이은 수적 열세를 뒤집지 못하고 패배를 맞았다. 본래의 역사와 완전히 동일한 흐름이었다.

　그 패배는 아스날에 상처를 남겼다. 우승 좌절이란 부분에서도 타격이 있었지만, 출전한 지 18분 만에 경기장을 떠나야 했던 피레스와 벵거의 사이가 틀어진 게 더 큰 문제였다. 아무래도 피레스가 팀을 떠날 것 같다는 이야기까지 나오고 있었기 때문이었다.

　'내가 출전을 했어야 하는 건데…….'

　민혁은 아쉬움에 한숨을 쉬었다. 위건전에서 부상을 당하지만 않았으면 융베리 대신 자신이 출전했을 터였고, 그랬다면 결승전의 결과도 지금과는 달랐을 거라는 생각이 들어서였다.

　"분위기 정말 살벌하네요."

　"피레스 오늘 뒤풀이에도 안 나왔잖아. 아주 단단히 열받은 모양이야."

　민혁은 고개를 끄덕였다. 마지막으로 본 피레스의 표정이 기억에 남을 정도로 험악했던 탓이었다.

　하기야 자신이 피레스라도 그럴 것 같다는 생각이 들었다. 앙리와 함께 아스날의 에이스로 꼽히는 피레스가 전반 18분 만에 교체가 되었다는 건 누가 생각해도 충격적인 일이었다. 그러니 본인이 느꼈을 충격이야 오죽했겠는가 싶었던 까닭이었다.

　게다가 당시 출전한 선수들 중엔 흘렙과 파브레가스도 있었다. 누군가를 골키퍼와 교체해야 한다면 흘렙과 파브레가스가 나가는 게 맞았지, 앙리와 함께 아스날의 에이스로 꼽히는 피레스가 나가는 게 맞다고 생각한 사람은 벵거 외엔 아무도 없었다.

만약 아스날이 우승을 차지했다면 그 기쁨에 분노가 묻혔겠지만, 그런 결단을 내리고도 준우승에 그쳤다는 걸 용납하긴 어려웠으리라.

민혁과 대화를 나누던 질베르투 실바는 어깨를 으쓱하며 대화를 마무리했다.

"뭐… 이제 월드컵도 있으니까, 그거 지나면 좀 나아지겠지."

"그러길 바라야죠."

민혁은 우울한 분위기를 풍기는 뒤풀이장을 슬쩍 보고는 고개를 저었다. 실바의 말대로 월드컵이 끝나고 나면 분위기가 나아지길 바라는 수밖에 없었다.

시즌 뒤풀이를 끝낸 민혁은 한국으로 향했다. 월드컵 출전 멤버로 선발되었으니 훈련에 합류하란 통보가 날아왔기 때문이었다.

이번 월드컵은 민혁에게도 굉장히 중요했다. 바로 군면제가 걸려 있는 대회인 것이다.

아직 군면제를 받지 못한 민혁은 이번 대회에서 16강 이상의 성적을 기록해 면제자가 되겠다는 다짐을 불태웠다.

이번 2006 월드컵이 끝나면 월드컵을 통한 군면제가 사라진다는 걸 알고 있는 민혁이기에, 이번 대회는 민혁 자신의 평생에 있어 가장 확실한 기회가 되리란 생각도 있었다.

'세 번 중에 두 번만 이기면 돼.'

민혁은 비행기 좌석에 앉아 눈을 감고 생각에 잠겼다. 자신이 합류해도 프랑스를 이기리란 보장은 없지만, 토고와 스위스는 충분히 이길 자신이 있었다.

세 경기 중 두 번만 이기면 군면제가 보장되는 절호의 찬스였다. 이런 기회를 놓쳐서야 말이 되지 않았다.

그로부터 약 16시간 후.

인천국제공항에 내린 민혁은 정면을 보며 입을 벌렸다.

공항엔 수많은 기자들이 줄을 지어 있었다. 줄잡아 20명은 되는 것 같았다.

"엄청 부지런하네."

감탄을 터뜨린 민혁은 주변을 슬쩍 둘러보았다. 하지만 몰래 빠져나갈 수 있는 샛길 같은 건 보이지 않았다. 포장이 뜯어진 땅콩을 좋아하는 모 VIP 일가라면 모를까, 일반 승객인 민혁이 다른 사람의 눈에 띄지 않고 나갈 수는 없다는 뜻이었다.

민혁은 한숨을 내쉬면서도 출입구를 지났다. 아무래도 한동안 귀찮아질 것 같은 느낌이었다.

그 느낌은 1분도 지나지 않아 현실이 되었다. 눈에 불을 켜고 기다리고 있던 기자들이 민혁을 향해 몰려든 것이다.

"어! 저기다, 저기!"

"잡아!"

민혁은 들려오는 소리에 어이를 잃었다.

'…잡아는 뭐야, 대체.'

민혁은 MMORPG의 몹이 된 듯한 기분을 느끼며 고개를 돌렸다. 그러자 마치 레이드를 뛰는 30인의 만렙 용사들처럼 달려오는 기자들이 보였고, 그들을 본 민혁은 자기도 모르게 움찔하며 속도를 높였다.

"도망친다!"

"자, 잠깐! 윤민혁 선수! 기자입니다! 이상한 사람들 아니에요!"

민혁은 가까스로 속도를 줄였다. 생각해 보니 도망칠 이유는 하나도 없었다.

헐레벌떡 달려온 기자들은 숨을 몰아쉬며 민혁을 포위한 후 마이크를 들이대고 질문을 퍼부었다.

"안녕하세요, 윤민혁 선수. 조별리그에서 같은 팀 아데바요르 선수가 이끄는 토고를 상대하게 됐는데요. 이에 대해 한 말씀 부탁드립니다."

"백제 일보 천준성 기자입니다. 이번에 프랑스의 지네딘 지단이 대표 팀에 복귀했는데, 한국을 대표하는 공격형미드필더로서 그에 대한 감상을……."

"한국 팀이 피파 회장인 블래터의 모국과 상대를 해야 하는데, 부정이나 편파 판정이 들어갈 요소는 없을까요?"

기자들은 숨을 헐떡이면서도 질문을 던졌다. 하지만 질문이 워낙 마구잡이로 들어오는지라, 민혁은 무엇 하나 제대로 알아듣지 못했다.

"저기… 진정하시고 한 분씩 말씀하세요."

민혁은 손바닥을 아래로 향한 채 손을 들어 진정하라는 제스처를 취했다. 동시에 계속 이런 식이면 인터뷰를 하지 않겠다고 단호히 말했고, 기자들은 그 말을 듣고 나서야 숨을 고른 후 눈치를 살피다 한 명씩 입을 열었다.

"고려 일보 조선우 기자입니다. 먼저 질문드리죠."

그는 가지고 온 녹음기 버튼을 누른 후 차분히 말했다.

"전 국가대표팀 감독이었던 조 본프레레 감독은 '토고는 팀도 아니다!'라고 주장했는데, 그 말에 대해선 어떻게 생각하시죠?"

민혁은 어깨를 으쓱였다. 어떻게 말하건 간에 좋은 기사가 날 것 같지는 않았다.

"글쎄요… 아데바요르 말고 다른 선수들은 본 적이 없어서요."

"대표 팀 원톱을 맡게 될 박주혁 선수와 아데바요르를 비교한다면 누구의 손을 드시겠습니까?"

민혁은 그만 웃어버렸다. 어디 비교할 사람이 없어서…….

"그냥 경기를 보면 알게 될 겁니다."

차마 아데바요르가 알았더라면 명예훼손으로 고소했을 거라고 말하지 못한 민혁은 다른 기자를 향해 시선을 옮겼다. 다음 질문을 받겠다는 뜻이었다.

민혁의 시선을 받은 기자는 곧바로 입을 열었다.

"백제 일보 천준성 기자입니다. 아까 드렸던 질문을 다시 드리게 되는데요, 프랑스의 영웅 지네딘 지단이 국가대표로 복귀한 건 아시죠?"

"네."

"윤민혁 선수는 한국을 대표하는 공격형미드필더로 꼽히고 계신데, 지단의 복귀에 대한 감상을 한 말씀⋯⋯."

"잠깐만요."

민혁은 손을 들어 그의 말을 멈춰 세운 후, 고개를 갸웃하며 그에게 질문을 던졌다.

"근데 왜 제가 한국을 대표하는 공격형미드필더죠?"

"그야 아스날에서 뛰시니까⋯⋯."

"저 아직 A매치 20번도 못 뛰었어요. 메이저 대회는 이번이 처음이고요."

그랬다. 민혁은 지금까지 평가전과 월드컵 지역 예선에서만 모습을 드러냈고, 주요 국제 대회엔 한 번도 출전하지 못했다.

2002년 부산 아시안게임은 스틸레인의 황준영 팀장과 축구협회 간부들의 작당으로 인해 명단에도 오르지 못했으며, 그 뒤에 있었던 2004 아시안컵은 훈련 중 생긴 부상으로 인해 한 경기도 뛰지 못하고 돌아가야 했기 때문이었다.

그런 민혁이 어떻게 한국을 대표하는 미드필더가 될 수 있단 말인가.

"그래도 아스날……."

"그럼 아스날을 대표하는 미드필더라고 해주세요. 그리고 지단 복귀한 건 복귀한 거고, 우리는 그냥 잘 싸워서 이기면 되는 거죠. 안 그런가요?"

백제 일보 기자는 고개만 끄덕였다. 민혁의 태도가 너무 단호해 질문을 이어갈 수 없었다.

그 뒤로 서너 개의 질문을 더 받아준 민혁은 기자들에게 양해를 구하고 자리를 떴다. 기자들은 조금이라도 인터뷰를 더 따내려고 아우성을 쳤지만, 민혁이 더는 말을 하지 않겠다고 단호히 말한 후 다음 비행기에 맨체스터 유나이티드의 박지석이 타고 있다는 정보를 알려주자 순순히 포기했다. 그들과 민혁이 이뤄낸 일종의 타협이었다.

공항 건물을 나온 민혁이 택시 정류장에 멈춰 설 때, 익숙한 목소리가 그를 찾았다.

"여! 축구 천재!"

"어?"

민혁은 고개를 돌렸다. 한영 일보의 최주평 기자였다.

"아직도 현역으로 뛰어요?"

"아니, 이제 편집장이다."

"근데 왜 나왔어요?"

"너 보러 왔지, 인마."

이제 한영 일보 편집장이 된 최주평은 새로운 명함을 민혁에게 건넸다.

"인터뷰 없죠?"

"그냥 이야기하다 기삿거리 나오면 쓰는 거지. 왜? 오프더레코드로 해줘?"

"상관없어요. 근데 배성일 아저씨는요?"

"걔 문화부로 이동했어."

"왜요?"

"원래 문화부였어. 그땐 그 신문사 스포츠부 기자가 탈주를 해서 땜빵 한 거였고."

그는 담배를 꺼내다 말고 한숨을 쉬었다. 최근 불어오고 있는 금연 붐 때문에 거리에서 담배를 피울 수 없게 되었기 때문이었다.

"왜 그래요?"

"담배가 당겨서."

"피우면 되잖아요."

"요새 한국에선 담배 함부로 못 피워."

최주평은 반쯤 꺼냈던 담배를 집어넣으며 말을 이었다.

"아무튼 너 왔으니까 이번 월드컵은 현역으로 좀 뛰어볼 생각인데, 뭐 선물 같은 거 없냐?"

"선물요?"

"정보."

"뭐 딱히 쓸 만한 기삿거리는 없네요."

"그러냐?"

그는 고개를 끄덕였다.

"그럼 나중에 시간 내서 인터뷰나 하나 해주라. 챔피언스리그 우승 실패 감상 같은 거."

"…아픈 데 함부로 찌르지 마시죠."

"집까지 태워줄게. 따라와라."

최주평은 피식 웃고는 민혁을 데리고 주차장으로 향했다. 편집장이 돼서 여유가 좀 생겼는지, 그는 2004년식 랜드로버 디스커버리를 몰고 있었다.

"차 좋네요?"

"그렇지?"

최주평은 신이 난 표정으로 시동을 걸며 물었다.

"넌 차 안 사냐?"

"영국에서도 운전 안 하는데 뭐 하러 한국에 차를 사요. 귀찮기만 하게."

"영국에서도 차 안 타?"

"집이랑 훈련장만 왔다 갔다 하는데 뭐 하러요."

"젊은 놈이 뭐 그렇게 살아? 연애도 좀 하고 그래."

민혁은 굳었다. 어릴 적 당했던 스토킹이 머릿속에 떠올라 버렸기 때문이었다.

"그건 아직 생각 없어요."

"왜? 고자야?"

"…아닙니다. 게이도 아니고요."

최주평은 피식 웃으며 차를 출발시켰다.

약 40분이 지난 후, 민혁을 내려준 그는 다음에 인터뷰하기로 약속한 거라고 말하며 차를 몰고 사라졌다. 그런 적 없다고 할까 하던 민혁은 차비를 내는 셈 치자고 생각하며 몸을 돌리고는, 집으로 다가가 초인종을 눌렀다.

초인종이 울리자 밖으로 나온 꼬마는 눈을 깜박이며 민혁에게 물었다.

"누구세요?"

*   *   *

잠깐 당황하던 민혁은 눈앞의 꼬마가 누군지 알아차렸다. 몇 년 만에 보는 늦둥이 동생이었다.

"민아니?"

"네."

민혁은 묘한 기분에 휩싸였다. 그래, 나한테도 동생이 있었지 같은 느낌이었다.

잠깐 그런 기분에 젖어 있던 민혁은 웃으며 말했다.

"문 좀 열어줄래?"

"엄마가 모르는 사람 문 열어주면 안 된다고 그랬어요!"

"…모르는 사람?"

그동안 민혁이 한국에 아예 오지 않은 건 아니었다. 휴가철은 보통 잉글랜드에서 쉬면서 보냈지만, A매치 소집 땐 한국에 와서 2~3일 정도 머물렀기 때문이었다.

하지만 민아가 민혁을 제대로 본 건 사실상 이번이 처음이었다. 민아는 박순자 여사의 등쌀에 밀려 주말에도 학원을 다니고 있었기에, 집에 와서 잠만 자고 훈련에 나가는 민혁을 볼 수 없었던 것이다.

"나 네 오빠거든?"

"……."

민아는 경계심 가득한 표정으로 민혁을 보았다. 얼굴도 못 본 오빠가 있다는 건 알지만, 눈앞에 있는 사람은 오빠라기보단 아저씨에 가깝게 느껴진 탓이었다.

그 기묘한 대치는 5분 정도 이어졌다. 박순자 여사의 개입이 없었으면 한 시간 이상 이어졌을지도 몰랐을 일이었다.

"아니, 얜 문 좀 열어주랬더니 나가서 왜 이렇게 안 들어와?"

박순자 여사는 못 보던 안경을 쓰고 나왔다. 그러고 보니 회귀 전에도 이맘때쯤 안경을 썼던 것 같았다.

밖으로 나온 그녀는 민혁을 발견하고는 입을 열었다.

"넌 오빠 왔는데 왜 문을 안 열어주고 그러고 있어?"

"오빠 아니야! 아저씨야!"

"아니, 이년이?"

박순자 여사는 딸을 붙잡고 엉덩이를 찰싹찰싹 때렸다. 민아는 울먹이며 발버둥 쳤지만, 고작 8살밖에 안 된 꼬마가 벗어나기엔 너무도 억센 악력이었다.

"애 때리지 말고 문이나 열어줘요."

"아, 참. 그래."

박순자 여사는 울먹이는 딸을 놔두고 문을 열다, 그제야 딸에게 미안해졌는지 아들을 보며 퉁명스레 말했다.

"그러니까 집에 좀 자주 오고 그래!"

"아니, 언젠 동생한테 헛바람 드니까 오지 말라면서요."

"너 지금 엄마한테 따지는 거야?"

민혁은 움찔하며 한 걸음 물러났다. 이렇게 잔소리가 이어지면 손해 보는 건 결국 자신이었다.

"알았어요. 알았으니까 그만하세요."

"들어가서 밥이나 먹어. 온다고 안 해서 뭐 차린 건 없다."

"네네."

대충 대답하며 들어가려던 민혁은 박순자 여사의 뒤에 숨어서 고개를 내민 동생을 보고는 발을 멈췄다. 그래도 오빠인데 몇 년 만에 만난 어린 동생에게 용돈 정도는 줘야지 않겠나 싫어서였다.

민혁은 지갑에서 만 원짜리 몇 장을 꺼내 민아에게 건넸다.

"고맙습… 엄마아아!"

"애한테 이렇게 큰돈 주는 거 아니야."

박순자 여사는 민아가 받아 가려던 돈을 낚아채었고, 민아는 폴짝폴짝 뛰며 박순자 여사의 손에 들린 지폐에 손을 뻗었다. 나름 절실해 보이는 표정과 몸부림이었다.

하지만 돈이 있는 높이는 고작 8살에 불과한 그녀가 극복할 수 있는 한계를 넘어선 지점이라, 그녀의 노력은 아무 결실도 거두지 못했다.

"엄마아아아아!"

"이거 나중에 나눠서 줄 테니까 가서 공부나 해!"

"돈… 내 돈……."

"자꾸 돈 돈, 하면 이 돈으로 문제집 사버린다?"

민아의 얼굴이 파랗게 질렸다.

"시, 싫어!"

"싫으면 가서 학습지 풀어. 어제 안 풀고 만화 보다 잤지?"

"으앙!"

민아는 울음을 터뜨리며 집으로 들어가 버렸다. 아무래도 박순자 여사는 사라져 버렸던 판사 엄마의 꿈을 다시 꾸고 있는 모양이었다.

그런 생각에 잠깐 굳었던 민혁은 돈을 갈무리하는 박순자 여사를 보고 입을 열었다.

"그걸 다 뺏으면 어떡해요. 한 장은 지금 줘요."

"안 돼. 그럼 얘 학원 안 가고 떡볶이 사 먹으러 가버리니까."

"그럼 그거 다 챙기시게요?"

"애 키우는 데 들어가는 돈이 얼만데? 쟤 학원비만 해도 한 달에 백만 원씩 들어."

"⋯쟤 8살 아니에요?"

"요샌 너 학교 다닐 때랑 달라. 저기 강남 엄마들은 유치원 다니는 애들도 영어 학원에 보낸다더라."

"아니, 그거⋯⋯."

민혁은 질렸다는 표정을 지었다. 어째 민아가 회귀하기 전의 자신보다 훨씬 더 시달리는 느낌이었다.

"애 너무 잡지 마요. 공부 좀 못하면 어때요. 착하기만 하면 되지."

"너 머리 좀 컸다고 엄마한테 대드는 거야? 민아 내 딸이지, 네 딸 아니다."

"아니, 좀⋯⋯."

민혁은 말을 중간에 멈췄다. 박순자 여사가 여래신장을 방불케 하는 강도로 등짝을 때린 것이다.

"시끄러! 들어가서 밥이나 먹어!"

"⋯네."

민혁은 집으로 들어가 비어 있는 방으로 향했다. 다행히 자신이 쓰던 방은 비어 있었다. 빈방은 창고가 되어버리는 게 보통임을 생각하면, 민혁은 운이 좋은 케이스였다.

"거기 보일러 안 들어오는데 괜찮아?"

"여름인데 무슨 보일러예요."

민혁은 짧게 답하며 침대에 드러누웠다. 지난번 한국에 왔을 때 구입한 침대라 몸엔 잘 맞았다.

비행과 시차로 인해 피로가 쌓여 있던 민혁은 침대에 눕자마자 잠이 들었다.

그는 저녁이 되어서야 침대에서 일어났다. 비행기에서도 잠깐 자긴 했지만, 아무래도 생체리듬이 영국의 시간대에 맞춰졌기 때문에 지금에서야 일어난 모양이었다.

그로부터 약 한 시간이 지나갈 무렵, 회사에서 퇴근한 윤수호 부장이 집으로 돌아왔다.

"어, 민혁이 왔냐?"

"네."

윤수호 부장의 목소리가 들리자, 학습지를 풀고 있던 민아가 도도도도 소리를 내며 달려와 그에게 안겼다.

"아빠아아!"

"아이고, 우리 딸! 오늘 잘 있었어?"

"네!"

윤수호 부장은 안겨드는 딸을 번쩍 들어 올린 후 웃으며 뺨을 비볐다. 완벽한 딸 바보의 표본이라 부를 법한 모습이었다.

민혁은 못 볼 걸 보았다는 표정으로 고개를 돌렸다. 아무리 늦둥이 딸이라지만 회귀 전 자신에게 보였던 태도와는 달라도 너무 다르지 않은가.

하기야 그때는 IMF의 여파로 회사에서 잘리고 치킨을 튀기느라 매일 녹초가 되어 집에 돌아왔던 그였으니 그럴 법했다는 생각도 들었지만, 그래도 저런 모습은 너무 적응이 힘들었다.

박순자 여사는 주방에서 고개를 내밀며 말했다.

"왔으면 씻고 밥 먹어!"

"나 회사에서 먹고 왔어."

"그럼 전화를 해야 할 거 아니야! 내가 몇 번을 말해!"

윤수호 부장은 움찔하며 민아를 내려놓고 방으로 들어갔다.

"하여튼 저 양반은 뭐 하나 제대로 하는 게 없다니까. 민혁이, 민아 어서 와서 밥 먹어!"

"네."

"네……."

민혁과 민아는 식탁으로 향했다. 민혁이 자는 동안 시장에라도 다녀왔는지, 식탁 위엔 잘 구워진 소고기가 두껍게 쌓여 있었다.

"엄마, 웬 고기야?"

"네 오빠 왔잖아. 참, 민혁이 너 훈련소는 언제 가?"

민혁은 치를 떨었다. 박순자 여사의 말이 마치 16강 떨어지고 육군훈련소나 가라는 말처럼 들렸기 때문이었다.

"훈련소가 아니라 훈련 캠프예요."

"아무튼 언제 가는데?"

"오늘 자고 내일 가려고요."

민혁은 고기를 집어 입에 넣고 우물거렸다. 영국에서 먹는 한식보다 훨씬 나았다.

그렇게 식사가 이어지던 중, 월드컵을 떠올린 민혁은 지나가듯 물었다.

"비행기 표 끊어드릴 테니까 독일 가서 저 경기하는 거 보실래요?"

"뭐 하러 독일까지 가. 집에서 TV 보면 되지."

"아니, 그래도 가족 여행 가는 셈치고······."

"그럴 돈 있으면 애 학원을 하나 더 보내겠다."

밥을 먹던 민아는 숟가락을 떨어뜨렸다. 학원을 추가한단 말에 기겁해 버린 것 같았다.

'아니, 애를 얼마나 잡았으면 벌써부터 저래······.'

민혁은 떨떠름한 표정을 지었고, 박순자 여사는 숟가락을 씻으러 가는 민아를 보며 말했다.

"민아 너 그거 빨리 씻고 밥 먹어. 학원 차 오겠다."

"네······."

"이 시간에 학원을 간다고요?"

"원래 지금도 학원에 있을 시간이야. 선생님들 휴가라서 안 가고 있는 거지."

입을 쩍 벌리고 있던 민혁은 동생에게 엄청난 미안함을 느꼈다. 아무래도 자신이 탈주해 버린 반동이 민아에게 쏟아진 것 같다는 생각이 들어서였다.

"쟤 저렇게 학원 막 보내도 돼요? 차라리 좋은 과외 선생 구해서 집중적으로 하는 게 나을 것 같은데."

"그렇게 하려면 돈 많이 들어서 안 돼. 네 아버지 월급 쥐꼬리만 한 거 몰라서 그래?"

"험험."

윤수호 부장은 헛기침을 했다. 중소기업치고는 잘 받는 거라고는 생각했지만, 그 이야기를 꺼냈다간 잔소리가 줄줄이 이어질 것 같았기 때문이었다.

"학원 다 그만 보내고 일주일에 세 타임씩만 과외 시켜요. 돈은 내가 내줄 테니까."

"됐어. 네가 벌면 얼마나 번다고 그래? 게다가 학원 안 보내고 과외 시키려면 진짜 제대로 된 선생을 구해야 되는데, 그런 선생들 몸값이 얼마나 비싼 줄 알아? 네 아버지 월급을 다 털어도 안 돼."

TV를 보던 윤수호 부장은 붉어진 얼굴로 다시 헛기침을 터뜨렸다. 자존심이 약간 상한 것 같았다.

민혁은 한숨을 내쉰 후 입을 열었다.

"한 달에 500만 원 정도 보내주면 돼요?"

"응?"

얼마 전 재계약을 맺은 민혁은 35,000파운드의 주급을 받고 있었다. 한화로는 약 6,000만 원에 달하는 거액이었다.

약 42%의 세금과 각종 수수료를 뗀 실수령액은 그 절반에 약간 못 미치는 16,800파운드 정도였지만, 투자를 제외하면 돈을 거의 쓰지 않는 민혁으로선 2주 치 주급으로 1년을 버티고도 남았다.

"아니다. 그냥 한 달에 천만 원씩 보내줄 테니까 여행도 좀 다니고 그래요. 대신 애 학원 같은 거 보내지 말고 과외나 하나 붙여주고요."

"…뭐? 천만 원?"

"네."

"무슨… 공놀이가 돈을 그렇게 많이 벌어?"

박순자 여사는 눈을 동그랗게 뜨며 물었다. 딸을 판사로 만들겠다는 야욕에 불탄 나머지, 유럽으로 진출한 아들의 수입이 얼마나 되는지에 대해선 관심도 없었던 모양이었다.

"저 돈 많이 벌어요. 엄마 신문도 안 봐요?"

"돈 아깝게 신문을 왜 봐. TV에 뉴스 다 나오는데."

"…아무튼 그거 줘도 저 충분히 쓸 만큼은 남아요. 그러니까 돈 걱정은 하지 말고 애나 좀 쉬게 하세요."

박순자 여사는 갈등에 빠졌다. 그 돈이면 민아에게 비싼 과외를 붙여줘도 수백만 원이 남는 거액이기 때문이었다.

민혁은 단호한 표정으로 입을 열었다.

"애 학원 계속 보내면 안 보내줄 거예요."

갈등하던 박순자 여사는 타협안을 제시했다. 민혁이 아닌 민아를 향해서였다.

"민아 너 엄마랑 약속해."

"뭘요?"

"오빠가 너 과외비 내준다고 하니까 과외만 하고 학원 그만 다니게 할 건데, 평균 95… 아니, 92점 안 되면 학원 다시 다니는 거다."

영문을 몰라 눈을 깜박이던 민아는 학원을 그만 가도 좋다는 말을 듣곤 침을 꿀꺽 삼키며 입을 열었다.

"…진짜? 진짜 학원 안 가도 돼?"

"평균 92점 넘으면."

"무슨 92점이에요. 80점만 넘어도 잘하는 건데."

"넌 가만히 있어!"

박순자 여사는 버럭 소리 질렀다. 아무래도 92점이 그녀가 양보할 수 있는 최저선인 모양이었다.

보다 못한 윤수호 부장이 지나가듯 말했다.

"거 끝에 있는 2점은 그냥 빼지 그래?"

박순자 여사는 날카로운 눈초리로 남편을 노려봤다. 한마디만 더 하면 95점으로 올려 버리겠다는 의지가 느껴지는 시선이었다.

윤수호 부장은 입을 닫고 고개를 돌렸고, 박순자 여사는 다시 민아를 보며 대답을 재촉했다.

"민아 너 대답 안 해? 그냥 학원 갈 거야?"

"하, 할래!"

"약속한 거다."

민아는 힘차게 고개를 끄덕였다. 그러지 않으면 계속해서 학원을 다니게 할 것 같았기 때문이었다.

동생에 대한 미안함을 떨쳐낸 민혁은 식사를 끝내고 방으로 돌아갔다. 모두가 행복해진 결말이었다.

다음 날.

민혁은 파주 국가대표 훈련장에 발을 들였다.

*　　　　*　　　　*

월드컵 국가대표 코치진엔 뜻밖의 인물이 합류해 있었다. 몇 년 전 베트남에서 열린 AFC 17세 이하 청소년 선수권대회의 코치였던 장준우였다.

"어라? 코치님?"

민혁은 놀랐다. 지난번 평가전 때만 해도 코치진에 없던 그였기 때문이었다.

"어. 그렇게 됐다."

"갑자기 왜요?"

장준우는 머리를 긁었다. 딱히 자랑스레 내세울 만한 이유는 아니었다.

"아드보카트 감독님이 너랑은 별로 못 뛰었잖아. 그래서 너랑 뛰었던 코치들 찾는다고 연락하더라. 그래서 임시로 합류하게 됐어."

"양주호 감독님은요?"

"어… 그게……."

장준우는 한참을 머뭇거리다 말을 꺼냈다.

"그때 17세 이하 월드컵 망했잖아."

"그랬죠."

민혁은 미간을 좁혔다. 지금 생각해도 불쾌한 일이었다. 고작 스틸레인 같은 곳에서 들어온 영입 제안을 거절했다고 대회에 못 나가게 하는 게 말이 되나 싶었기 때문이었다.

게다가, 민혁이 빠진 청소년대표팀의 결과도 좋지 않았다.

하기야 팀의 에이스였던 민혁이 빠진 17세 이하 대표 팀이 테베즈와 마스체라노 등이 있는 아르헨티나, 이니에스타와 라모스 등이 있는 스페인을 상대로 승점을 챙긴다는 건 말이 안 됐다.

비교적 약팀인 미국에게도 패배한 건 좀 의외였지만, 아르헨티나와 스페인에게 농락을 당했음을 생각하면 딱히 이상한 일이 아닐지도 몰랐다. 그 두 팀과의 경기에서 대패를 기록한 탓에 멘탈이 완전히 무너져 버렸을 테니 말이다.

장준우는 한숨을 내쉬며 말을 이었다.

"그거 책임지고 물러나신 다음에 거제도에 있는 학교로 가셨어. 아마 지금도 거기 계실걸?"

"…거제도요?"

"응."

민혁은 눈을 깜박이며 그를 보았다. 생각도 못 한 지명이 나와 버린 탓이었다.

'아니, 그 양반은 왜 연고도 없는 거기로 간 거야……'

양주호는 서울 토박이였다. 사돈의 팔촌쯤 되는 사람이라면 거제도에 살지도 모르겠지만, 그런 연고를 믿고 저 먼 경상도 끝자락까지 갈 이유가 뭐란 말인가.

그런 생각을 하던 민혁은 옆에서 들려온 소리에 고개를 돌렸다.

"이번에도 잘 부탁드리겠습니다."

"걱정 마십시오. 우리가 어디 한두 해 보는 사이입니까."

민혁의 시선이 닿은 곳에선 다섯 명의 남자가 대화를 나누고 있었다. 그중 셋은 대화를 나누는 두 사람의 수행원인 것 같았는데, 민혁은 그중 한 사람의 얼굴이 어딘지 기분이 나쁘게 익숙하단 느낌을 받고 기억을 더듬었다.

"저거 스틸레인 황준영 팀장 아니에요?"

"이제 서울 CF 실장이야. 박주혁 이적 때 큰일 했거든."

"큰일요?"

"스틸레인에서 박주혁 빼돌린 게 저 인간이야. 그때 K리그 아주 난리 났었다고.

지금은 이렇게 간단히 말하지만, 사건이 일어난 당시의 분위기는 말로 다 하지 못할 정도로 험악했었다. 속된 말로 계약은 개나 주라는 태도와 언론플레이가 줄줄이 이어진 탓이었다.

스틸레인 측에선 분을 참지 못하고 서울과 박주혁을 고소하려 했지만 그것도 여의치 않았다. 축구협회에서 들고 나온 '대승적 차원'이라는 헛소리 때문이었다.

게다가 기자들조차 하나같이 스틸레인을 압박하는 기사를 써서 여론을 한쪽으로 끌고 갔기에, 여론전에서 밀려 버린 스틸레인은 울며 겨자 먹기로 5,000만 원이라는 푼돈을 받고 고소를 포기해 버렸다.

더 나쁜 건, 그 사건으로 인해 수도권 구단들의 지방 구단 약탈이 이어졌던 점이었다. 자유계약이란 명분을 내세워 지방에 있는 유망주를 낚아채고 보상금조차 주지 않는 일이 즐비해진 것인데, 박주혁이야 스틸레인과의 우선 협상권이 존재했기에 보상금을 줄 필요가 있었지만 다른 구단들이 키우는 유망주는 그렇지 않았기 때문이었다.

결국 그 여파로 사라졌던 드래프트 제도까지 부활해 버렸으니, 박주혁의 이적은 여러모로 한국 축구계에 해악을 끼친 사건이라 하지 않을 수 없었다.

"근데 너 저 인간 알아?"

"알죠."

민혁은 이를 갈았다. 저 인간 때문에 FIFA 17세 이하 월드컵과 2002 부산 아시안게임 출전이 무산된 자신이 아니었던가.

17세 이하 월드컵은 그렇다 치더라도, 부산 아시안게임은 민혁에게나 대표 팀에게나 상처만 남긴 대회로 남았다. 아예 기회를 박탈당한 민혁은 물론 동메달에 그쳐 버린 대표 팀도 피해자였다.

그리고 그 일로 인해 군대에 끌려가야 했던 모 스트라이커…….

잠시 그를 떠올리며 측은한 표정을 지었던 민혁은 황준영이 수행하고 있는 사람을 힐끗 보고는 다시 물었다.

"근데 저거 누구예요?"

"누구? 뚱뚱한 쪽?"

"이야기하는 사람들요."

장준우의 눈이 그들을 향했다.

"뚱뚱한 쪽은 축구협회 전무이사 고진석이고, 반대쪽은 서울 CF 전략 기획부 이동준 이사야. 박주혁 때문에 저러는 것 같은데?"

"아…….."

민혁은 잊고 있던 선수의 이름을 떠올렸다. 공항에서 기자들의 질문에 잠깐 머릿속에 떠올랐던 적이 있는 사람이었다.

대한민국을 떠들썩하게 한 축구 천재였지만, 아스날에 와서 완전히 실패해 버린 선수 박주혁.

정확히 말하면 에이스 대접을 못 받는 경우엔 어떤 팀이건 간에 폭망해 버린 선수였지만, 아무래도 아스날 시절의 임팩트가 제일 컸기에 아스날에서 망한 걸로 기억되던 선수였다.

"맞다. 지금 대표 팀이죠?"

"지난번에 같이 안 뛰었어?"

"…그러고 보니 평가전 때 같이 뛰긴 했네요. 속이 좀 터져서 그렇지."

민혁은 지난 사우디아라비아와의 평가전을 떠올리며 미간을 찌푸렸다. 분명히 움직임이 나쁘지는 않은데 자신과는 잘 맞지 않았다. 아마도 축구를 보는 시각에 차이가 크기 때문인 것 같았다.

"속이 터져?"

"아스날 2군이랑 뛰는 것 같았다니까요. 들어가야 될 때 안 들어가고 들어가면 안 될 때 들어가고……."

"야, 그래도 걔가 그런 소리 들을 레벨은 아니지."

장준우는 어이가 없다는 표정으로 말을 이었다.

"너 때문에 좀 묻힌 감은 있는데, K리그에선 천재가 나왔다면서 난리가 났었어. 박주혁 붐까지 일었을 정도니까."

"응? 왜 저 때문에 묻혔다는 거예요?"

"쟤 한창 뜰 때 네가 챔스에서 골 넣고 MOM 먹었잖아. 거기다 아스날에서 주전까지 먹고. 근데 K리그 주전 먹은 애가 눈에 들어오겠냐?"

민혁은 실소를 터뜨리며 고개를 저었다. 하여튼 대한민국 냄비 근성은 알아줘야 했다.

"그래서 저한테 원한 있대요?"

"없진 않을걸?"

"설마요."

"적어도 서울은 있겠지. 그 좋은 천재 마케팅을 너 때문에 말아먹었잖아."

그 말은 나름 일리가 있었다. 게다가 저 스틸레인 황준영 팀장… 아니, 서울 CF 황준영 실장이라면 충분히 그럴 만했다. 그가 얼마나 속이 좁은지는 17세 이하 월드컵 출전 무산으로 인해 뼈저리게 느꼈으니까.

"신경 쓰지 말고 들어가자. 선배들한테 인사도 해야지."

장준우 감독은 민혁의 어깨를 두드리며 말했고, 민혁은 고개를 끄덕이며 몸을 돌렸다.

*   *   *

5월 월드컵 평가전 상대는 세네갈과 보스니아 헤르체고비나였다.

세네갈은 지난 대회에서 우승 후보 프랑스를 꺾고 16강에 진출, 그 여세를 몰아 첫 출전 8강이란 성적을 거둔 아프리카의 강호로 꼽혔다. 비록 이번 대회에선 토고에게 충격 패를 당하는 바람에 본선 진출에는 실패했으나, 가상 토고전으로는 이보다 좋은 상대가 없다는 평가가 있었다.

보스니아 헤르체고비나는 가상의 프랑스 및 스위스로 꼽히고 있었다. 유고슬라비아에서 독립한 나라답게 좋은 피지컬과 테크닉을 겸비한 선수들이 많은 팀으로, 스타일상 프랑스와 스위스의 중간 정도에 위치한 팀이라는 생각에서 평가전 상대로 결정했다는 축구협회의 발표가 있었다.

그 두 경기를 치르고 난 후엔 6월 1일 노르웨이 오슬로에서 노르웨이 국가대표팀과, 그리고 6월 4일엔 스코틀랜드 에든버러에서 가나와의 평가전을 가진 후 월드컵 본선이 시작되는 일정이었는데, 그건 5월 초까지 경기를 뛰고 온 민혁으로서는 지옥과도 다름없는 강행군이었다.

"그래서, 5월 평가전은 선발에서 빼달라는 건가?"

"네."

대한민국 국가대표팀 감독 딕 아드보카트는 난처한 표정을 지었다. 선수 보호 차원에서는 민혁의 요청을 들어주는 게 맞지만, 대한민국 축구협회는 EPL에서 뛰는 선수들 모두가 선발로 나오길 바라고 있었기 때문이었다.

"그건 어렵겠다."

민혁은 굳은 얼굴로 그를 보았다. 그래도 유럽의 1류 감독으로 꼽히는 그가 이런 당연한 요청을 거절할 줄은 몰랐던 민혁이었다.

아드보카트는 어깨를 으쓱하며 민혁에게 말했다.

"난 대표 팀 감독이다. 선수 개개인의 사정보다는 팀의 사정을 생각하고 스쿼드를 짤 수밖에 없어. 그리고 그 팀의 사정에는 대한민국 축구협회의 요청을 무시할 수 없다는 부분도 있지."

"그건 아는데……."

"게다가 널 빼면 다른 유럽파도 전부 선발에서 빼줘야 한다. 그걸 국민들이 좋아할까?"

그럴 리 없었다. 민혁도 알고 아드보카트도 알고 대전 유성구 원내동 노인정의 박승훈 총무도 아는 사실이었다.

민혁의 표정을 본 아드보카트는 선심 쓰듯 말했다.

"세네갈전에서 멀티골을 넣으면 보스니아전에선 쉬게 해주마."

"…그거 왠지 크루이프 표절 같은데요."

"싫다는 건가?"

"아뇨. 하죠, 뭐."

민혁은 호마리우의 심정을 알 것 같다는 생각으로 고개를 끄덕였다. 호마리우와는 달리 자신감이 넘치진 않았지만, 그래도 일단 하는 데까진 해볼 생각이었다.

"그럼 그렇게 하는 걸로 알겠다. 피곤한 것 같으니 오늘은 쉬고 내일부터 훈련에 참여하도록."

아드보카트는 이만 나가라는 제스처를 보냈고, 민혁은 감독실을 나오며 생각에 잠겼다. 과연 자신이 두 골 이상을 기록하면 순순히 경기에서 빼줄까, 라는 부분에 대해서였다.

결론을 내기란 어렵지 않았다.

"그럴 리 없지."

아드보카트 감독은 믿어도 축구협회는 믿을 수 없었다. 감독의 약속이고 나발이고 간에 마음에 안 들면 엎어버리는 게 그들이니, 설령 세네갈전에서 멀티골을 넣는다 해도 보스니아 헤르체고비나전 출전을 강요할 게 뻔했다. 그래야 국민들이 축구에 관심을 갖게 되고 대한민국 축구가 살아난다는 말도 안 되는 개소리를 명분으로 내세우며 말이다.

하지만 민혁으로서는 코웃음밖에 나오지 않는 이야기였다.

그렇게 대한민국 축구를 생각한다면 대표 팀 선수를 아끼는 게 먼저가 아닐까.

물론 축구협회의 높으신 분들에겐 그런 생각이 없을 터였다. 대한민국의 협회라는 것들 중에 제대로 된 건 양궁협회밖에 없으니 말이다.

'뭐, 야구 판보단 훨씬 낫지만.'

그런 생각을 이어가던 민혁은 한숨을 쉬었다.

따지고 보면 축구협회는 양호한 편에 속했다. 2,000억 횡령범이 총재로 있던 야구협회는 물론, 금메달을 딴 선수들을 모아놓고 김치찌개나 시켜준 주제에 협회장 취임식 땐 고급 호텔에서 수억을 들였던 모 협회도 있으니 말이다.

절대평가로는 C가 나와야 할 성적이지만 상대평가로 놓고 보니 A급이 되었달까…….

하지만 그건 어디까지나 '상대적으로 낫다'일 뿐이지, 그들이 양심적이라는 이야기는 아니었다.

"…그래. 이 방법밖에 없겠네."

슬쩍 감독실을 바라본 민혁은 최주평에게 전화를 걸었다.

"저 민혁인데요……."

＊　　　＊　　　＊

"어, 그래. 웬일이야?"

한영 일보 스포츠부는 고요함에 젖어들었다. 방금 전까지 오가던 고성이 거짓말처럼 느껴질 지경이었다.

한참 깨지던 이아영 기자는 반갑게 전화를 받는 편집장 최주평을 보고는 눈치를 살폈다. 최대한 통화가 길어지길 바라는 마음이었다.

"그래? 그거 진짜야?"

최주평의 얼굴은 언제 화를 냈느냐는 듯이 밝아져 있었다.

지금은 편집장이지만 작년까지만 해도 현장에서 뛰던 기자였기 때문인지, 구미가 당기는 기삿거리를 마주하자 기분이 한껏 좋아진 모양이었다.

"근데 내가 지금 시간이 없어서… 인터뷰를 전화로 하긴 그렇고……"

그는 벽에 걸린 시계를 힐끗 보았다. 하필이면 이번 달 제작 회의에 들어가야 할 시간에 연락이 왔다는 게 안타까울 지경이었다.

고민하던 그는 어쩔 수 없다는 표정으로 말했다. 편집장이된 첫해부터 제작 회의에 빠질 수는 없기 때문이었다.

"야, 나 바빠서 파주까지는 취재 못 갈 것 같은데 대타 보내도 되냐? 응? 어. 그래. 신입도 괜찮지?"

최주평은 고개를 돌려 이아영을 보았다. 그녀가 대타로 낙점된 분위기였다.

그걸 느낀 그녀는 두 손으로 가위표를 그렸다. 파주까지 가고 싶지 않다는 이야기였다.

"잠깐만."

최주평은 전화를 잠시 내려놓고는 방금 전까지 탁자를 탕탕 치던 기사 뭉치를 머리 위로 들어 올리며 인상을 썼다. 기사를 이따위로 써놓고 싶다는 말이 나오냐는 듯한 표정이었다.

이아영은 두 손으로 머리를 감싸며 몸을 움츠렸다. 그래도 여자라고 사정을 봐주는 최주평이라 정말로 때리지 않을 거라는 건 알지만, 그래도 선배들이 많이 맞는 걸 보았기에 나오는 자연스러운 반응이었다.

최주평은 책상을 탁탁 쳐 그녀의 주의를 끈 후 입 모양으로 말했다.

'닥치고 가.'

이아영은 고개를 도리도리 흔들었다. 오늘 늦잠을 자는 바람에 화장도 제대로 못 했는데 어떻게 인터뷰를 간단 말인가.

그 꼴을 본 최주평은 오른손으로 얼굴을 쓸어내린 후 한숨을 쉬고는, 내려놓았던 전화를 들어 어깨에 걸치고 통화를 이어갔다.

"어, 미안. 잠깐 뭐 처리 좀 하느라고. 괜찮아, 괜찮아. 뭐 급하거나 그런 건 아니고… 아무튼 인터뷰할 애는 지금 바로 보낼 거니까 4시나 5시쯤에 시간 좀 내면 돼. 아, 훈련 6시야? 그럼 충분하네. 그래, 그래, 알았다. 기자 거기 도착하면 내가 전화하마. 그래."

그는 전화를 끊고 정면을 보며 목소리를 깔았다.

"야, 이아영."

"네, 네."

"인터뷰 갈래, 아니면 서지 정리할래?"

"…서지 정리요."

그 대답에선 어떤 결의가 느껴졌다. 오늘은 절대 인터뷰를 갈 수 없다는 확고한 의지였다.

최주평은 주먹을 부르르 떨다, 두어 번 호흡을 가다듬은 후에야 입을 열었다.

"그럼 우리 신문 창간호부터 정리하면서 쭉 읽고 핵심 요약해서 가져와. 그러면서 기사 쓰는 법 제대로 익히라고 시키는 거니까 꾀부리지 말고. 알았어?"

이아영은 멍한 표정으로 입을 벌렸다. 1960년대에 개국한 한영 일보 창간호부터 지금까지 나온 걸 전부 다 정리하고 요약하라는 건 말도 안 되는 이야기였다.

"편집장님, 그게……."

"싫어? 싫으면 출장 거부로 시말서 쓰든가."

"…가면 되잖아요."

권력에 굴복한 그녀는 힘없이 자리로 걸어가 책상에 엎드렸다. 정말 가기 싫지만 시말서의 압박은 도저히 이길 수 없었다. 이번에 한 장을 추가하면 입사 3개월 만에 시말서 3장이란 위업을 세우는 셈이기 때문이었다.

반대편에 앉아 있던 기자는 그녀를 보며 질문을 던졌다.

"이 기자, 울어?"

"안 울거든요."

"같이 가줄까?"

최주평은 그쪽을 힐끗 보며 말했다.

"한석준 네가 왜 파주를 가. 오늘 자이언트랑 타이거즈 경기 있는 거 잊었어?"

"에이, 그거야 라디오 듣고 쓰면 되는 거 아닙……."

"야, 이 새끼야! 그러고도 기자냐!"

분노한 최주평은 책상 위에 있던 책을 집어 던지고 외쳤다. 현장 기자의 자부심을 가지고 있던 그로서는 도저히 용납이 안 되는 말이었다.

"한석준 너 당장 KTX 타고 부산 내려가! 도착하자마자 경기장 사진 찍어서 문자로 보내고! 알았어?"

요령을 피우려던 한석준 기자는 당황한 얼굴로 고개만 끄덕였다. 아무래도 단단히 찍힌 것 같았다.

최주평은 한참이나 그를 노려보다, 움찔하며 분위기를 살피는 이아영에게 눈을 돌리고 씩씩대며 말했다.

"그리고 이아영! 너 점심 먹고 3시 전에 출발해. 파주 도착하면 곧바로 나한테 문자 넣고."

"네……."

"나 회의 늦게 끝나면 4시 넘을지도 모르니까 대답 없으면 카페에서 기다리고 있던가. 알았지?"

"네."

그녀의 목소리엔 우울함이 잔뜩 끼어 있었다. 정말 가기 싫은 것 같았다.

하지만 뒤이어 들려온 말에, 그 우울함은 순식간에 씻겨 내려갔다.

"이번 인터뷰 단독이라 메인으로 들어간다. 정신 차리고 제대로 해라."

"진짜 메인이에요?"

"그래. 내가 진짜 큰맘 먹고 양보하는 거니까 진짜 제대로 해야 돼."

물론 그 말이 거짓말임은 최주평과 이아영 모두 알고 있었다. 오늘 제작 회의가 열린다는 건 공공연한 사실이었고, 최주평이 거기에 반드시 가야 한다는 것도 두 사람 모두가 아는 사실이었다.

하지만 이아영은 그걸 굳이 지적하지 않았다. 입사 3개월 차에 메인 기사를 쓸 수 있다는 것만으로도 기분이 좋았기 때문이었다.

'아, 나 화장……'

그녀는 자신의 책상을 보았다. 하필이면 그저께 부사장이 순회한다고 책상을 싹 정리한 탓에, 구석에 올려두었던 기초 화장품 세트도 치워 버린 후였다.

한숨을 내쉰 그녀는 고개를 돌리며 입을 열었다.

"편집장님."

"왜?"

"저 파운데이션 좀 빌려주세요."

뜻밖의 말에 굳었던 최주평은 황당하다는 표정으로 입을 열었다.

"…그걸 왜 나한테 찾아?"

*　　　*　　　*

오후 3시 40분.

파주 트레이닝 센터에 도착한 이아영은 최주평에게 문자를 보냈다. 하지만 10분이 지나도록 대답은 없었다. 아마도 제작 회의가 길어지고 있는 모양이었다.

"아직 회의 중이신가?"

그녀는 힘 빠진 얼굴로 바닥에 쭈그리고 앉아서 핸드폰을 보았다. 도대체 얼마나 더 이러고 있어야 하나 싶은 생각에 한숨만 나오는 상황이었다.

그로부터 10분이 더 지나갈 무렵에서야 문자가 도착했지만, 기대하던 것과는 전혀 다른 내용이었다.

[아직 회의 중이야. 좀 있다 통화하고 문자 보낼 테니까 카페나 가 있어.]

또 한 번 한숨을 내쉰 이아영은 자리에서 일어나 카페를 찾았다. 하지만 한참을 둘러봐도 그런 건 보이지 않았다.

"카페 없잖아……."

트레이닝 센터 주변은 온통 야산과 논밭이었다. 그 외에는 뜬금없는 2층짜리 한옥 건물이 하나 덩그러니 있었는데, 그곳으로 가본 그녀는 현관에 걸린 '고려대전(高麗大展)'이라는 한자를 보고는 어깨를 축 늘어뜨렸다. 혹시나 전통 찻집일지도 모른다는 기대가 꺾여 버렸기 때문이었다.

한동안 주변을 배회하던 그녀는 핸드폰을 꺼냈다. 역시 최주평에게선 연락이 없었다.

더위에 지친 그녀는 한 번 더 주변을 둘러본 후 신문사로 전화를 걸었다. 취재차 파주에 자주 오던 선배가 있었음이 떠오른 것이다.

—네, 한영 일보 스포츠부 박준재입니다. 무슨 일로…….

"선배님, 저 여기 파주 국가대표팀 훈련장인데요. 이 근처에 카페 없어요?"

—누구시죠?

"저 아영이요."

—이아영?

상대는 황당하단 반응으로 전화를 받았다. 취재 간다고 나와놓고 갑자기 웬 카페란 말인가.

—너 취재 간 거 아니야? 카페라니?

"편집장님이 연락 안 되면 카페에서 기다리랬는데 카페가 없어요."

—아, 그래?

"네."

—근데 딱히 기억나는 게 없는데… 잠깐만. 지도 좀 찾아볼게.

박준재 기자는 한참 후에야 통화를 재개했다. 트레이닝 센터 부근이 군사지역으로 묶여 있는 탓에, 구글 어스를 통해서야 주변을 확인할 수 있었기 때문이었다.

─거기 호텔밖에 없어. 호텔 1층에 카페 있는데 있긴 한데 비쌀걸?

"얼마나요?"

─아마 아메리카노 한 잔에 8,000원은 할 거야.

"엑!"

이아영은 자기도 모르게 소리를 질렀다. 최저임금이 3,100원인 지금, 캐러멜마키아토도 아닌 아메리카노 한 잔에 8,000원을 줘야 한다는 말을 듣자 손이 떨릴 지경이었다.

"뭐 그렇게 비싸요?"

─일반인 상대로 장사하는 곳이 아니니까 그렇지. 아무튼 나 바쁘니까 끊어.

"잠깐만요! 어디 있는지는 알려줘야죠!"

─거기 도로 있을 거 아냐. 그거 따라서 북쪽으로 한 10분쭘 올라가면 나와.

"더 가까운 곳은 없… 여보세요?"

전화는 이미 끊어져 있었다.

치사하다며 투덜댄 그녀는 한숨을 푹 내쉬며 도로를 따라 걸었다. 아직 덜 더운 5월인 게 다행이었다.

호텔은 정말 10분 만에 나왔다. 당황스러운 건 중간 규모의 호텔이 몇 개나 줄줄이 늘어서 있다는 부분이었다.

가장 가까운 호텔로 들어간 그녀는 1층에 있는 카페에 앉아 손을 벌벌 떨며 커피를 주문했다. 선배의 말대로 아메리카노엔 8,000원이란 금액이 매겨져 있었고, 그녀가 즐겨 마시는 캐러멜마키아토는 11,000원이란 거금이 붙어 있었다. 아직 수습기자인 그녀의 기준으로는 커피 한 잔에 두 시간 반의 시급이 날아가는 셈이었다.

"내 월급이 80만 원도 안 되는데……."

그녀는 투덜대며 창밖을 보았다. 하지만 보이는 거라고는 온갖 잡풀이 자라난 풀밭밖에 없었다. 도대체 여긴 뭘 하려고 이런 호텔을 지어놓은 건가 싶은 생각마저 드는 풍경이었다.

눈물을 머금고 비싼 커피를 깨작깨작 들이켜던 그녀는 한참이 지나서야 문자를 받을 수 있었다.

[통화했어. 30분 정도만 기다리고 있어.]

그녀는 시계를 힐끗 본 후 커피 잔을 들었다. 30분 정도야 충분히 기다릴 수 있었다.

하지만 30분이 지나도 인터뷰를 해야 할 사람은 나타나지 않았다. 최주평의 문자만 믿고 잔을 다 비워 버린 그녀로서는 난감한 일이 아닐 수 없었다.

5분 정도를 더 기다린 이아영은 전화를 들었다.

"편집장님, 안 왔어요."

—그래?"

"네. 저 바람맞은 거 아니에요?"

─무슨 소개팅 나갔어? 그냥 좀 잠자코 기다리고 있어. 무슨 일 있나 보지.

"저 커피 다 마셨단 말이에요……."

─호텔 커피숍이라며. 거기가 무슨 동네 다방인 줄 알아? 커피 다 마셨다고 쫓아내는 데 아니야. 마음 놓고 기다리고 있어.

최주평은 그렇게 말하며 전화를 끊어버렸다.

하지만 소심한 이아영으로서는 마음을 놓을 수 없었다. 왠지 여기 더 머무르려면 커피를 더 마셔야 할 것만 같은 기분이 들었던 것이다.

'빨리 좀 오지.'

그녀는 초조한 마음에 손톱 끝을 물어뜯으며 카페 입구를 바라보았다. 실제로는 그렇지 않음에도, 왠지 카페 점원이 자신을 계속 보고 있는 것 같은 기분이 들어서였다.

그로부터 30분이 더 지나서야, 그녀는 카페 안으로 들어오는 민혁을 볼 수 있었다.

*　　　　*　　　　*

"윤민혁 선수시죠?"

민혁은 소리가 난 쪽으로 고개를 돌리다 흠칫하며 몸을 피했다. 자신을 부른 여성이 어릴 적 자신을 떨게 했던 스토커와 닮았기 때문이었다.

은근히 소심한 이아영은 회피기동을 하는 민혁의 모습에 상처를 받았다.

'뭐, 이런 사람이 다 있어?'

비록 신문사 입사 후 야근에 찌들어 망가졌다지만, 그래도 한때 캠퍼스에서 5월의 여왕으로 꼽히기도 했던 자신이었다. 시간이 없어 기초화장만 했다곤 해도 어디 가서 꿀리진 않을 만한 외모라는 뜻이었다.

그런데 민혁은 자신을 마치 좀비처럼 대하고 있는 게 아닌가.

하지만 여기서 화를 낼 수는 없었다. 그녀 자신이 본래 그런 성격도 아니지만, 설령 그런 성격이었다 해도 여기서 화를 냈다간 뒷감당을 할 수가 없을 게 분명했다. 다른 사람도 아닌 편집장이 직접 잡아준 인터뷰가 아니냔 말이다.

그 생각에 살짝 끓어올랐던 화를 억누른 그녀는 정식으로 자신을 소개하며 용건을 알렸다.

"한영 일보 이아영 기자입니다. 인터뷰 진행해도 될까요?"

"…네."

민혁의 표정은 여전히 떨떠름했다. 다른 사람이라는 건 모르지 않지만, 이미 본능 수준으로 각인되어 버린 공포심을 완전히 지울 수는 없었다. 실례라는 걸 알아도 어쩔 수 없는 부분이란 뜻이었다.

그러는 사이, 이아영은 자리를 잡고 메뉴판을 펼치며 떨리는 목소리로 입을 열었다.

"어떤 거 드실래요?"

"네?"

"인터뷰하려면 차라도 마셔야죠. 여기도 영업장인데."

그녀는 메뉴판에 적힌 금액을 보며 손을 떨었다. 민혁을 기다리느라 마셔 버린 캐러멜마키아토가 아쉬울 지경이었다.

민혁은 메뉴판을 한 번 보고는 입을 열었다.

"제가 요청한 거니까 제가 사죠. 어떤 거 드실래요?"

"아⋯ 아니에요. 저희가 인터뷰를 따내는 건데 저희가 사야죠."

잠깐 고민하던 민혁은 고개를 끄덕인 후 메뉴판을 덮었다. 이아영으로서는 눈물을 삼키게 되는 모습이었다.

'예의상이라도 한 번만 더 물어보면 어디가 덧나냐!'

이아영은 정말로 울컥해 버렸다. 다른 곳이라면 아무렇지도 않게 넘어갔을 그녀지만, 커피값이 한 잔에 만 원을 육박하는 호텔 카페라 그런지 자꾸만 속이 쓰려오는 느낌이었다.

매번 취재비가 따로 나오는 회사라면 모를까, 점유율 3.06%에 불과한 한영 일보는 취재비로 한 달에 10만 원을 지원하는 게 고작이었다. 그나마도 영수증 처리를 꼬박꼬박 하지 않으면 지원금이 나오지 않는 회사인지라, 이미 11,000원이나 하는 캐러멜마키아토를 마셔 버린 그녀에겐 너무도 큰 타격이었다.

그나마 그녀를 진정시킨 건 민혁의 주문이 아메리카노였다는 사실이었다.

"그럼 인터뷰를 진행할 건데……."

거기까지 말하고 노트북을 꺼내던 이아영은 당혹감을 느꼈다. 그러고 보니 중요한 걸 모르고 있었다.

"잠깐만요."

그녀는 당황을 애써 감추며 핸드폰을 꺼내 최주평에게 문자를 보냈다. 최주평과 민혁이 하기로 한 인터뷰의 내용에 대해서 듣지 못했음이 뒤늦게 떠오른 탓이었다.

하지만 최주평으로부터의 답신은 없었다. 이아영으로서는 난감하기 그지없는 상황이었다.

"저기, 기자님?"

"아, 아하하……."

민혁은 어색하게 웃는 그녀를 보고는 상황을 이해했다. 그녀를 대타로 내보낸 최주평이 인터뷰 내용에 대해 제대로 알려주지 않은 모양이었다.

그는 쓰게 웃으며 입을 열었다.

"아마 세네갈전 관련해서 감독님과 한 약속 때문일 겁니다."

"네?"

"제가 아저씨한테 전화해서 요청한 거거든요."

이아영은 눈을 반짝이며 민혁이 있는 방향으로 상체를 내밀었다. 민혁의 말이 하늘에서 내려온 동아줄처럼 여겨졌기 때문이었다.

민혁은 움찔하며 의자를 뒤로 뺐다. 아무래도 몇 년 전의 스토커를 떠올리게 하는 외모라 반사적으로 나온 행동이었다.

이아영은 한 번 더 충격을 받았다.

'뭐야, 대체!'

그녀는 머릿속이 복잡해지는 느낌을 받았다. '혹시 게이 아니야?'라는 생각마저 스며들 정도였다.

민혁은 충격과 공포에 빠진 이아영을 보고는 당황하며 물었다.

"…인터뷰 안 하세요?"

"네?"

그녀는 한참이나 눈을 깜박이다 정신을 차리고는 입을 열었다.

"아… 해야죠, 인터뷰."

그렇게 시작된 인터뷰는 뭔가 중구난방이었다. 내용은 전달한 것 같지만 흐름이 어째 명쾌하지 않은 느낌이었다.

불안해진 민혁은 노트북을 덮는 그녀를 막아서며 말했다.

"잠깐만요."

"네?"

"기사 초안 좀 볼 수 있을까요?"

*　　　　*　　　　*

최주평은 눈을 동그랗게 뜨고 이아영이 보내 온 메일을 보았다.

《(단독 인터뷰!) 미드필더 윤민혁, 멀티골 예고!》
[대한민국 국가대표팀 미드필더 윤민혁(21세, 아스날)은 멀티골을 기록할 수 있을까?

파주 국가대표팀 훈련장 앞에서 만난 윤민혁 선수의 얼굴은 밝아 보였다. 대한민국을 대표하는 선수로서 월드컵에 나선다는 기대감에 가득 차 있는 것 같았다. 휴식기 없는 강행군이라 피로가 누적되어 힘들 법도 하건만, 국가를 대표해 월드컵에 나섰다는 데에 자부심을 느끼는 표정이었다.

다음은 본지 기자와 윤민혁 선수의 인터뷰 내용이다. (Q: 기자 / A: 윤민혁 선수)

Q: 안녕하세요, 윤민혁 선수. 한영 일보의 이아영입니다.

A: 안녕하세요.

Q: 최근 프리미어리그에서 주전으로 도약했다는 평가를 받는 윤민혁 선수신데요, 국가대표로서는 이번이 첫 메이저 대회 출전이시죠?

A: 네. 2004년에 아시안컵에 출전할 기회가 있긴 했는데, 대표 팀 훈련에서 부상을 당해서 못 나갔거든요. 그래서 이번이 처음입니다.

Q: 첫 출전이시라 긴장도 많이 되실 테고, 영국에서 시즌을 끝낸 지도 얼마 되지 않아서 체력적으로 부담이 많이 되실 텐데요. 걱정이 많이 되시겠어요.

A: 강행군은 많이 겪어봐서 괜찮습니다. 소속 팀에선 프리미어 리그에 챔피언스리그, 거기에 FA 컵과 리그 컵까지 줄줄이 이어지니까요. 특히 박싱 데이 땐 이틀 간격으로 세 개의 경기를 뛰어야 하는 때도 있습니다. 아스날에서 유망주 취급을 받으면서 교체 멤버로 뛰던 2004—05 시즌에 이미 겪어보기도 했고요.

Q: 그래도 휴식기 없이 달리는 건 부담스럽지 않으세요?

A: 물론 부담스럽죠. 하지만 감독님께서 해주신 약속도 있으니 이번 평가전에서 최선을 다해볼 생각입니다.

Q: 아드보카트 감독님의 약속이라면······.

A: 세네갈전에서 멀티골을 넣으면 보스니아 헤르체고비나전은 출전 명단에서 빼준다고 하셨습니다. 그걸 믿고 최선을 다해볼 생각이고요.

Q: 세네갈은 열다섯 명이나 되는 선수가 프랑스 리그에서 뛰고 있는 강팀인데, 자신 있으세요?

A: 물론 자신은 없습니다.(웃음) 하지만 작은 가능성이라도 있다면 달려봐야죠. 2002년 한일 월드컵 4강도 그 실낱같은 가능

성을 믿고 달려서 이뤄낸 일 아닌가요?

윤민혁 선수와의 인터뷰에선 젊은 선수 특유의 패기가 느껴졌다. 소속 팀을 통해 큰 무대를 경험하고 온 선수다운 자신감이었다.

마지막으로 월드컵 목표에 대해 질문을 하자, 다음과 같은 대답이 들려왔다.

A: 목표는 당연히 우승 아닌가요?

인터뷰 / 송고: 한영 일보 이아영 기자.]

최주평은 의외라는 표정으로 그녀를 보았다. 인터뷰 내용만 발췌해 새로 기사를 쓸 생각이었는데, 지금 바로 지면에 실어도 될 정도의 퀄리티가 나온 게 아닌가.

그는 놀라움까지 담겨 있는 목소리로 말했다.

"이 기자, 이번엔 기사 잘 뽑았네?"

"…네에."

"대답이 왜 그래?"

이아영은 책상에 머리를 묻은 채 힘없이 답했다.

"그거 제가 한 거 아니에요."

"그럼?"

그녀는 두 팔로 머리를 감싸며 중얼거렸다. 최주평에겐 들리지 않을 정도의 크기였다.

"무슨 축구선수가 나보다 기사를 잘 쓰는 건데……."

이아영은 연거푸 한숨을 내쉬었다.

인터뷰 당일, 민혁은 그녀의 노트북을 받고 초안을 보자마자 한숨을 내쉬며 기사를 대신 작성해 주었다. 회귀 전 IRC 소프트라는 블랙 기업에서 수 년 동안 기획서를 만지작거렸던 경험이 아직 남아 있는 민혁이라, 경력 3개월 차에 불과한 이아영보다 훨씬 나은 퀄리티의 기사를 만들 수 있었다.

그때의 충격을 되새긴 이아영은 자괴감에 휩싸였다. 보통 운동선수라 하면 평생 운동만 해서 지적 능력이 떨어진다는 편견이 있었고, 그녀도 그 편견을 벗어던지지 못하고 있었기 때문이었다.

"누가 썼는데? 설마 다른 신문사에 대필 요청이라도 했어?"

"아니요……."

"설마 이 기자 엄마가 대신 써준 거야?"

"윤민혁 선수요."

"…뭐?"

최주평은 황당함을 지우지 못하고 다시 물었다.

"그러니까, 인터뷰 대상이 자기 인터뷰 기사를 써줬다고?"

"초안은 제가 썼지만요."

"나 참, 별일을 다 보겠네."

그는 메일로 들어온 기사를 다시 한번 보고는 그대로 사내망에 업로드했다. 다음 날 기사로 내보내도 좋다는 사인이었다.

"아무튼 수고했어. 기사는 이대로 나갈 거야."

"편집장님."

"응? 왜?"

최주평은 속으로 생각했다. 아마도 휴가나 보너스 이야기겠지.

하지만 들려온 말은 예상과 전혀 달랐다.

"그 사람 게이죠?"

"…뭐?"

"윤민혁 선수요."

"왜? 사귀자고 했다가 단칼에 거절당했어?"

"편집장님!"

이아영은 자기도 모르게 소리를 질렀다. 사무실에 있는 모두를 깜짝 놀라게 하는 고성이었다.

"깜짝이야… 왜 소리를 지르고 지랄이야?"

"제가 뭐가 모자라서 그런 사람한테 사귀자고 해요?"

"얼굴 빼고 다."

"……"

그녀는 바지를 움켜쥐고 부르르 떨었다. 자신이 어쩌다 이런 취급을 받고 있나 하는 자괴감마저 들게 되는 순간이었다.

최주평은 그녀의 심정은 아랑곳하지 않은 채 말을 이었다.

"민혁이 걔 학교 다녔으면 이제 3학년이야. 학생이라고. 어디서 영계를 노리고 있……."

"저도 만으로 21살이니까 동갑이에요. 저 아직 졸업 안 했다고요."

"아, 맞다. 이 기자 아직 학생이었지?"

최주평은 두 손을 마주치며 입을 벌렸다.

2000년대 중반. 참여정부 말기인 지금은 취업이 확정되면 모든 수업을 리포트로 대신하는 비공식적인 제도가 대한민국의 모든 학교에서 유행처럼 번지고 있었다. 취업률이 대학의 수준을 평가하는 시대였기 때문이었다.

이아영도 그 제도의 수혜자였다. 3학년이 되자마자 한영 일보에 입사한 덕분에 학교를 가지 않고 학점을 이수하고 있을 뿐, 아직 완전한 사회인이라고 할 수는 없다는 뜻이었다.

잠깐 고개를 끄덕이던 최주평은 장난기 어린 표정으로 그녀를 향해 입을 열었다.

"아무튼 노리고는 있다는 거네?"

"아니거든요!"

최주평은 피식 웃었다.

"왜? 민혁이 생긴 것도 괜찮고 돈도 잘 벌어. 게다가 3개 국어 능력자라고. 그것도 네이티브 수준인 데다 이 기자보다 기사도 잘 쓰잖아. 1등 신랑감이네."

"편집장님!"

"괜찮아. 우리 신문사 직원들 연애 금지하는 회사 아니야. 잘되면 회사 차원에서 축의금도 나온다고. 게다가 결혼했다고

일 그만두라고 하는 곳도 아니니까 안심하고……."

"으아아앙!"

이아영은 울어서 최주평을 당황시켰다. 이런 일은 처음이라 도대체 어떻게 대응해야 할지 감이 오지 않아, 그는 한참이나 당황을 띠운 채 멍청히 이아영을 보기만 했다.

한참 후에야 훌쩍임을 멈춘 그녀는 최주평을 노려보며 단호히 외쳤다.

"다신 그 사람 인터뷰 안 해요!"

3

평가전

아드보카트 감독은 불편한 표정으로 팔짱을 꼈다. 민혁이 한영 일보를 통해 자신이 한 약속을 밝혀 버림으로써 곤란한 입장에 처했기 때문이었다.

기사가 뜬 후, 축구협회는 그를 불러 애매한 태도로 이야기를 이어갔다. 이슈가 발생해 평가전 시청률이 오르는 건 좋지만, 민혁이 정말 멀티골을 넣게 되면 보스니아 헤르체고비나 전에서 빼줘야 하는 상황이 되어버린 탓이었다.

프리미어리거를 노예처럼 부려서 입장료 수입과 중계권 수입을 긁어내길 원하는 축구협회로서는 민혁의 이탈이 반갑지 않았던 것이다.

'한 골 넣으면 빼야 되겠군.'

아드보카트는 축구협회에서 꺼낸 묘한 요청을 떠올리며 미간을 좁혔다. 어쩌면 평생 먹을 욕을 다 먹게 될지도 모르지만, 아무리 생각해도 그것밖에 방법이 없었다.

그는 못마땅한 표정으로 턱을 쓸었다. 그래도 두 번이나 네덜란드 국가대표팀 감독까지 역임했던 자신이 대한민국 축구협회의 눈치를 보는 처지가 되었음이 마음에 들지 않아서였다.

하지만 그로서도 어쩔 수 없었다. 유로 2004에서의 처참한 실패 이후 찾은 묀헨글라트바흐에서도 경질당한 데다, 아랍에미리트 감독직을 수락하자마자 들어온 대한민국 축협의 제안을 받아들여 탈주자의 멍에까지 써버린 그라, 여기서 성공하는 것만이 유일한 재기의 방편이었다.

"핌, 출전 선수들 컨디션은 다들 괜찮나?"

"네, 부상자는 없습니다."

"설기영은? 감기 기운이 좀 있다고 했던 것 같은데."

"어제 다 나았습니다. 선발로 뛰는 데 문제는 없을 겁니다."

"알았네."

고개를 끄덕인 아드보카트는 복도 반대편에 있는 세네갈 선수들과 코치진을 바라보았다.

세네갈은 강했다. 볼턴 원더러스에서 뛰고 있는 엘 하지 디우프와 위건 애슬래틱에서 뛰는 앙리 카마라는 스쿼드에서 빠져 있었지만, 마르세유 소속의 마마두 니앙을 포함한 15명의 선수가 프랑스 리그 앙에서 뛰고 있었다.

유럽파가 다섯 명 있는 대한민국과 비교해도 떨어지기는커녕, 전체적인 전력 밸런스에선 앞서는 팀이라 봐야 한다는 이야기였다.

경기 내용도 그와 비슷하게 전개되고 있었다.

한국의 홈임에도 경기를 장악하고 있는 건 세네갈이었다. 역습 두 번에 잔뜩 움츠러든 한국이 흔들리고 있었기 때문이었다.

맨체스터 유나이티드의 박지석과 아스날에서 뛰는 민혁이 버티는 미드필더진은 세네갈을 상대로도 우위를 점했지만, 골을 기록해야 할 공격진이 세네갈 수비를 상대로 완벽하게 무력화된 탓이었다.

답답해진 민혁은 공을 몰고 전진했다. 위치를 지키라는 감독의 지시를 어기는 행동이었으나, 이대로라면 몇 분이 지나도 답이 없었다.

그 움직임은 세네갈의 수비에 균열을 냈다.

─대한민국의 17번을 달고 있는 윤민혁 선수, 세 명에게 둘러싸입니다.

─아… 저건 무리죠. 윤민혁 선수가 기술에 자신이 있는 선수긴 하지만…….

─윤민혁 선수 돌파합니다! 중앙을 향해 스루패스!

―좋은 찬스입니다! 발만 가져다 대면… 아, 박주혁 선수, 그걸 못 넣네요.

피지컬적인 우위를 통해 대한민국의 공격진을 압박하던 세네갈은 그들보다 몇 수는 위에 있는 민혁의 기술에 허둥지둥하며 수비를 강화했고, 민혁은 서너 명의 선수들에게 둘러싸이면서도 위협적인 공간으로 패스를 날렸다. 과거 바르셀로나에서 뛰던 라우드럽, 혹은 현재 바르셀로나에서 주가를 올리고 있는 이니에스타에 버금가는 플레이였다.

활로를 찾은 대표 팀은 민혁에게 패스를 집중시켰다.

전반 12분. 김동일의 패스를 이어받은 민혁이 중거리슛으로 골망을 흔들었다. 수비수를 앞에 둔 상태에서 턴 동작으로 공간을 찾아낸 후 날린 슛이 골문 구석으로 빨려 들어갔고, 수비에 시야가 가려 공을 보지 못한 세네갈 골키퍼가 반응을 하지 못한 덕분이었다.

상암 월드컵 경기장을 가득 채운 팬들은 환호성을 터뜨렸지만, 그들보다 좋아해야 할 아드보카트는 곤란하단 표정으로 신음만 흘렸다. 골이 빨라도 너무 빨랐다.

'곤란한데…….'

그는 정말로 난처해졌다. 다음 경기에 민혁을 쉬게 해야 할 가능성이 높아진 것이다.

12분 만에 민혁이 골을 뽑아낼 거라고는 생각하지 못했던 그였다. 흑인 특유의 강하고 탄력 있는 피지컬은 물론 프랑스리그 앙이라는 무대에서 손발을 맞춰온 경험까지 있는 세네갈이 이렇게 쉽게 골을 내줄 거라고 생각할 수는 없었기 때문이었다.

그의 심정과는 반대로, 골이 들어가는 순간 미친 듯이 환호하던 중계진은 침착을 되찾고 설명을 시작했다.

—팽팽한 접전이 이어질 거라던 예상과 달리, 우리 대한민국의 윤민혁 선수가 경기 시작 12분 만에 골을 뽑아냈는데요, 세네갈이 약해서 그런 걸까요?

—그렇지 않습니다. 다들 잘 아시겠지만, 세네갈은 지난 2002 한일 월드컵에서 세네갈 쇼크를 일으켰던 팀입니다. 그 결과 많은 유망주들이 프랑스를 포함한 유럽으로 건너가 성공적으로 정착할 수 있었고, 그 선수들이 경험을 쌓아 만들어진 팀이 바로 지금 상대하는 세네갈이에요.

—하지만 세네갈은 월드컵 진출에 실패했잖습니까? 우리가 상대하는 토고에게 말입니다.

—아닙니다. 세네갈이 토고에게 져서 월드컵에 올라오지 못한 건 이변이었죠. 세네갈은 이변의 희생양인 거지 토고보다 약해서 올라오지 못한 게 아니거든요.

해설은 목이 타는지 물을 꿀꺽꿀꺽 마신 후 말을 이었다.

—축구협회는 세네갈이 가상의 토고라고 발표했지만, 사실 세네갈은 토고보다는 프랑스에 더 가까운 컬러를 가지고 있는 팀입니다. 왜냐면 선수단의 절반 이상이 프랑스에서 뛰는

사람들이거든요. 물론 지네딘 지단과 같은 초일류 플레이메이커가 없다는 점에서 세네갈이 가상 프랑스다 이렇게 말할 수는 없겠지만요.

─네, 홍영욱 해설의 말씀 잘 들었습니다. 그럼 다음으로…….

플레이는 조금 전보다 빠르게 이어졌다. 한 골을 먹은 세네갈이 탐색을 포기하고 맹공을 퍼부었기 때문이었다.

아무리 주전 다섯 명이 빠진 데다 이동의 피로가 남아 있다곤 하지만, 유럽파도 몇 명 안 되는 팀에게 허무하게 패하고 싶지는 않은 모양이었다.

하지만 그건 대한민국을 너무 얕잡아 보는 선택이었다.

─라마네 바리, 라마네 바리 공을 몰고 돌진합니다. 빨라요.

─세네갈 선수들 유기적인 움직임을 보이고 있습니다. 미드필더진에서부터 압박을 해야죠.

─라마네 바리 공을 뒤로 돌립니다. 바바카르 게예 롱패스! 은디아예 잡습니다.

─은디아예 측면으로, 프레드릭 망디 공을 받아 측면돌파합니다. 김서진 태클! 막습니다!

풀백 김서진의 태클이 공을 끊어내자, 공을 잡은 김동일이 왼쪽 측면을 보고 공을 날렸다. 챔피언십의 울버햄튼 소속으로 뛰고 있는 설기영이 있는 방향이었다.

설기영의 패스는 민혁에게 이어졌다.

민혁은 즐겨 쓰는 라 크로케타(La Croqueta)로 세네갈 미드 필더들의 압박을 벗어나며 중앙을 돌파했다. 순수한 속도 경쟁이라면 세네갈 미드필더들도 민혁에게 뒤지지 않았겠지만, 민혁이 진행 방향을 그대로 유지하면서도 속도를 줄이지 않고 그들을 뚫어버린 탓에 거리는 한참이나 벌어져 있었다.

민혁을 놓친 선수들이 몸을 돌리고 가속을 붙이는 데만도 최소한 2초 이상이 걸리기 때문이었다.

조금 전과 똑같은 방식으로 센터백마저 뚫어낸 민혁은 반대편 포스트를 보고 로빙슛을 시도했다. 골키퍼의 무게중심을 흐트러뜨릴 생각이었다.

—윤민혁 선수 기회를 잡았습니다! 슛!

—아, 쳐냅니다. 정말 아까운 찬스였습니다.

세네갈 골키퍼는 민혁의 로빙슛을 가까스로 쳐냈다. 현재 아프리카에서 세 손가락 안에 드는 골키퍼로 꼽히는 사람다운 반사 신경과 신체 밸런스였다.

"와, 저걸 쳐내네."

벙쪄 있던 민혁의 뒤에서 감탄이 섞인 목소리가 흘러나왔다. 대표 팀 주장 박지석의 목소리였다.

민혁은 뒤를 돌아보며 퉁명스레 말했다.

"…형이 거기서 감탄하면 안 되죠."

"그럼 저걸 보고도 감탄을 안 해?"

민혁은 쓴웃음을 지으며 고개를 저었다. 하기야 자신이었더라도 비슷한 반응을 보였을 터였다.

그것은 이 경기를 TV로 내보내는 중계진도 다르지 않았다. 하지만 그들은 세네갈 골키퍼의 선방보다는 그 전에 있었던 민혁의 플레이에 집중했는데, 애국 마케팅이야말로 시청자들의 구미에 맞다고 판단했기 때문이었다.

―홍영욱 해설께선 방금 전 장면을 어떻게 보셨습니까?

―대단한 장면이었습니다. 설기영 선수의 패스를 받아서 그대로 30미터 정도를 단독으로 돌파해 슛까지 날리지 않았습니까?

―네. 그랬죠.

―현역선수 중에서 이 정도의 플레이를 보일 수 있는 선수는 흔치 않을 겁니다. 은퇴한 선수까지 생각을 해보면… 아마도 미카엘 라우드럽에게 호마리우의 슈팅 테크닉을 더하면 윤민혁 선수의 모습이 나오지 않을까 싶네요.

―그럼 마라도나 이상이란 뜻 아닌가요?

멈칫하던 홍영욱은 홍이 가라앉은 목소리로 답했다.

―어… 그래도 마라도나는 좀 아니죠.

―그런가요…….

―아무래도 마라도나와 비교가 되려면 월드컵 우승이 있어야겠죠. 86년 멕시코 월드컵에서의 마라도나는… 아, 말씀드리는 가운데 세네갈의 반격이 시작됩니다. 토니 실바 골키퍼

로부터 시작된 패스, 하비브 바예를 거쳐 마마두 니앙에게 이어집니다.

세네갈은 전반 막판에 들어서자 한층 더 피치를 올렸다. 어떻게든 전반에 한 골을 만회해 동점을 만들고 후반은 방어 위주의 전략을 펼치려 하는 것 같았다. 비행기를 타고 오느라 누적된 피로가 후반전에 본격적으로 몰려들 게 뻔하기 때문인 모양이었다.

세네갈의 태도를 확인한 아드보카트는 축구협회의 요구 사항을 떠올리고는 엄지를 깨물었다. 공격에 나선 세네갈이 역습을 맞아 골을 허용하기라도 하면 곤란해지는 건 자신이었다.

그는 공을 잡고 측면으로 빠지는 민혁을 보고는 수석 코치 핌 베어백을 불렀다.

"핌."

"네, 감독님."

"교체 준비하게. 전반 끝나면 윤을 백으로 교체해야겠어."

아드보카트는 조끼를 입고 벤치에 앉아 있는 만 21세의 선수를 바라보았다. 수원에서 뛰는 미드필더 백영훈이었다. 그를 민혁과 교체함으로써 민혁이 멀티골을 넣는 걸 막겠다는 심산이었다.

─세네갈의 압둘라예 감독 표정이 좋지 않아요. 세네갈로서는 전반전에 어떻게든 동점을 넣고 싶을 텐데, 그게 잘 안

되고 있어서 답답한 모양입니다.

―그럴 겁니다. 세네갈이 아프리카 예선에서 6승 3무 1패를 기록했는데, 선제골을 허용하고 뒤집은 적은 거의 없거든요. 아프리카 축구가 그렇잖습니까? 선제골을 넣으면 흥이 나서 마구마구 몰아 넣는데 지고 있으면 흥이 안 나서 힘들어지죠. 세네갈이 딱 그런 상황입니다. 힘들 거예요.

―우리로서는 좋은 일이죠. 대표 팀이 후반에도 이런 경기력을 보여주면 좋겠습니다.

―그렇습니다. 후반전에도… 어, 백영훈 선수 조끼를 벗습니다. 후반 교체 투입일까요?

―백영훈 선수면 윤민혁 선수가 뛰는 자리를 차지할 공산이 높은데요.

―설마 멀티골을 넣기 전에 교체를 하겠다는 생각은 아니겠죠?

중계진은 흥미롭다는 표정으로 대표 팀 벤치를 바라보았다. 감독의 선택이니 뭐라 할 수는 없는 부분이지만, 그렇게 했다가는 감독이 욕받이가 될 게 뻔했다.

하지만 그들이 걱정하는 일은 일어나지 않았다.

전반 44분.

크로스를 받은 민혁이 헤딩으로 한 골을 추가했기 때문이었다.

　　　　*　　　　*　　　　*

　민혁은 세네갈전을 풀타임으로 뛰어야 했다. 보스니아 헤르체고비나전에서 쓰지 못할 선수니 이번 경기에서 마지막 한 방울까지 쥐어짜고 말겠다는 생각이 느껴지는 대접이었다.

　—아, 대한민국의 원톱 박주혁 선수, 윤민혁 선수가 만들어 준 완벽한 찬스에서 헛발질을 합니다.

　—이건 박주혁 선수에게만 책임을 물을 수는 없습니다. 패스가 너무 빨랐어요.

　—하지만 발만 가져다 대면 골로 이어질 패스 아니었나요? 박주혁 선수가 조금만 빨랐어도…….

　—아스날에서 뛰는 티에리 앙리 같은 선수들이라면 방금 전의 패스에도 반응을 했겠죠. 하지만 박주혁 선수는 앙리가 아닙니다. 전 윤민혁 선수가 그 점을 고려한 패스를 해야 한다고 봅니다. 그게 팀워크라는 거니까요.

　해설은 민혁이 들었더라면 어이가 없을 소리를 태연히 하고 있었다. 거기에 맞췄다간 상대 팀 선수들이 발을 한 번 뻗는 것만으로 패스를 차단할 수 있을 터였기 때문이었다.

　그렇게 흘러가던 경기는 후반 58분에 흐름이 바뀌었다.

　—아… 진성용 골키퍼, 세네갈의 무사 은디아예에게 골을 허용합니다.

　—반응이 너무 늦었어요. 저럴 땐… 푸에췌!

―홍영욱 해설님 여름 감기 걸리셨군요.

―요즘 일교차가 심해서 그렇습니다. 시청자 여러분도 감기 조심하시기 바랍니다.

바바카르 게예의 크로스를 받아 기록한 무사 은디아예의 추격골은 지쳐 있던 세네갈을 다시 깨웠다. 공을 받아도 무기력하게 백패스를 돌리던 사람들이 맞나 싶어질 정도의 흐름이었다.

상대의 기세에 눌린 대한민국 대표 팀이 어지러워지자, 세네갈은 추가골을 넣기 위해 전력을 다했다. 그들도 지금이 기회임을 모르지 않기 때문이었다.

―윤민혁 선수 공을 놓칩니다. 좀처럼 나오지 않는 장면인데요.

―영국에서 온 지 얼마 안 됐잖습니까? 아마 피로 때문인 모양입니다.

―그래도 박지석 선수가 공을 받아서 다행입니다. 한국, 큰 위기를 맞을 뻔했습니다.

그런 간헐적인 위기가 몇 번 이어졌지만 더 이상의 실점은 나오지 않았다. 추가득점이 없었다는 건 아쉬운 일이었지만, 수비 조직력이 완전치 않음에도 리드를 유지하고 있다는 건 만족할 만한 부분이었다.

그로부터 20여 분이 지난 후 경기가 끝났다. 스코어는 2 대 1. 대한민국의 아슬아슬한 승리였다.

"아, 힘들다······."

"그래도 넌 다음 경기에서 쉬잖아."

박지석은 민혁의 말을 듣고 핀잔을 주었다.

그의 옆에서 걷던 김서진은 죽을상을 짓고 있는 협회 관계자들을 보며 입을 열었다.

"협회에서 난리 치겠는데?"

"그럴 것 같아서 인터뷰한 건데요?"

"···하여튼 잔머리 하난 알아줘야 돼."

김서진은 졌다는 표정으로 고개를 저었다. 설마 했던 일이 진짜였음을 알게 되자 감탄마저 나올 지경이었다.

선수들을 보는 아드보카트의 표정은 상당히 복잡했다. 경기에 이긴 건 좋은데 민혁을 쉬게 할 생각을 하자 머리에 쥐가 나는 느낌이었다. 보나마나 협회는 약속이고 나발이고 간에 민혁을 내보내라며 그를 닦달할 게 뻔하기 때문이었다.

하지만 이렇게까지 일이 커지면 그렇게 할 수도 없었다. 이미 한영 일보의 기사가 유럽의 언론들에게도 인용되고 있었기 때문인데, 민혁이 정말로 멀티골을 넣어버린 지금 약속을 지키지 않으면 감독으로서의 신뢰도가 바닥을 치게 될 게 너무도 뻔했다.

그건 대한민국 대표 팀 감독 아드보카트로서는 감당할 수 있는 부분이지만, 월드컵이 끝난 후 가지게 될 신분인 '구직자 아드보카트'로서는 감당할 수 없는 부분이었다. 선수들의 신뢰를 잃을 행동을 한 감독을 고용하려 할 팀은 없으니 말이다.

'골치 아프군.'

그는 고민에 빠졌다. 어떤 선택을 해야 할지에 대한 고민이었다.

솔직히, 대한민국 대표 팀 감독은 그리 마음에 드는 자리가 아니었다. 세계 최강을 넘보는 네덜란드 국가대표팀을 두 번이나 역임한 그에게 동양의 작은 나라의 감독 자리는 영 성에 차지 않았다. 아무리 2002년 월드컵 4강의 위업을 이룩한 나라라고 해도, 어디까지나 홈 이점과 행운에 힘입은 결과임은 부정할 수 없었다.

그럼에도 그가 대한민국 대표 팀 감독을 맡은 건 두 가지 이유 때문이었다.

하나는 이전에 수락한 UAE 국가대표팀 감독보다는 전망이 밝다는 이유에서였고, 또 다른 하나는 2002년 월드컵 4강 신화를 이룩하고 화려하게 재기한 거스 히딩크 감독과 같은 효과를 얻어내고 싶다는 열망이었다.

레알 마드리드와 레알 베티스에서 성적 부진으로 연속 해임당한 거스 히딩크는 한물간 감독이란 평가를 들었지만, 대한민국 국가대표팀 감독으로 2002 월드컵 4강이란 성적을 기록해 화려하게 부활했다. 이젠 제2의 전성기란 소리까지 들을 정도로 완벽한 컴백이었다.

그런 점을 생각해 볼 때, 네덜란드와 묀헨글라트바흐에서 무능한 감독으로 찍혀 버린 자신도 이번 월드컵에서 16강 이상의 성적을 기록하면 화려한 부활이 가능할 터였다.

'역시 협회 요청을 무시해야겠어.'

아드보카트는 결심을 굳혔다. 월드컵이 한 달밖에 남지 않은 이 시점에서 자신을 해임하진 않을 거란 믿음에서 나온 결론이었다.

아무리 대회 중 감독 경질이라는 희대의 삽질을 했던 대한민국 축구협회라지만, 친선경기에서 선수 한 명을 내보내지 않았다는 걸 명분 삼아 감독 교체를 할 수는 없을 테니 말이다.

"수고했다."

선수들은 지친 표정으로 그를 보았다. 특히 해외파들이 더욱 힘들어하고 있었는데, 후반에 교체로 들어온 트라브존스포르의 이병용을 제외한 모두가 풀타임 출장을 해버린 탓이었다.

민혁은 지친 얼굴로 선수단을 보았다. 자신이야 인터뷰를 통해 벌여놓은 일이 있으니 다음 경기에서 빠지겠지만, 다른 해외파는 그런 혜택을 받지 못할 것이 뻔하기에 미안한 마음도 조금은 있었다.

하지만 그 생각은 금세 사라져 버렸다. 뒤이어 일어난 일 때문이었다.

수석 코치 베어벡은 민혁의 어깨를 툭툭 치며 말했다.

"인터뷰 준비해."

＊　　　＊　　　＊

민혁은 축구협회의 사주를 받은 기자들의 유도신문을 훌륭히 벗어남으로써 약속된 자유를 얻어내었다. 기자들은 어떻게 해서든지 민혁을 보스니아 헤르체고비나전으로 끌어들이려고 갖은 애를 썼지만, 인터뷰가 이어지면 이어질수록 다른 해외파도 빼줘야 한다는 여론이 일어날 것 같은 느낌에 황급히 화제를 돌렸다.

그로부터 3일 후 열린 보스니아 헤르체고비나전은 지루한 0 대 0 무승부로 종결되었다. 그 경기에선 중원의 무게감이 떨어진다는 평가가 주를 이뤘는데, 아무래도 세네갈전과 달리 드리블을 통한 돌파와 패스를 넣어줄 민혁의 부재가 눈에 띄었다.

그 뒤 유럽으로 이동한 대표 팀은 오슬로에서 노르웨이, 그리고 에든버러에서 가나와 평가전을 치러 두 번 모두 아슬아슬한 승리를 거뒀다. 2002 월드컵 4강의 환상에 취해 있는 한국에서도 만족을 보인 경기력이었다.

가나와의 평가전이 있던 다음 날인 2006년 6월 5일.

대표 팀은 에든버러를 떠나 독일로 향했다. 월드컵 첫 번째 경기인 토고전까지는 이제 겨우 8일 남은 시점이었다.

독일로 향하는 대표 팀의 캠프는 쾰른에 세워졌다. 조별리그에서 1위로 통과할 경우 16강전을 치르게 될 장소였다. 반드시 조별 예선에서 1위를 하고 16강전에 돌입하라는 압박감이 느껴지게 하는 선택이었다.

선수단을 태운 버스가 도시에 들어오자, 의자에 몸을 묻고 있던 대표 팀 최고참 최진영이 창밖을 보고는 입을 열었다.

"촌 동네네."

"독일에선 네 번째로 큰 도시예요. 서울이 이상한 거라고요."

"여기가?"

"네."

"전주보다 작아 보이는데?"

최진영은 눈을 깜박였다. 잘해야 전주와 비슷해 보이는 이곳이 독일에서 네 번째로 큰 곳이라는 게 믿기지 않는 것 같았다.

민혁은 어깨를 으쓱하고 답했다.

"전주보단 커요. 거기는 인구 100만 명도 안 되잖아요."

"그랬나?"

최진영이 고개를 갸웃할 때, 그들의 앞자리에 앉아 있던 백영훈이 말했다.

"전주 100만 명 안 돼요."

"그래?"

"저 거기서 스카우트 왔을 때 안 간 이유가 그거거든요. 놀 곳이 하나도 없어서……."

"자랑이다."

최진영은 그에게 면박을 준 후 민혁에게 말했다.

"넌 어릴 때부터 외국에 살던 놈이 뭐 그렇게 잘 알아?"

"모르는 것보단 낫죠."

할 말이 없어진 최진영은 고개만 끄덕였다.

"잡담 금지. 이제 곧 내리니까 짐 잘 챙겨라."

아드보카트는 뒤를 돌아보며 말했다.

그의 말대로, 대표 팀을 태운 버스는 눈앞에 나타난 쾰른의 5성 호텔 주자창으로 들어갔다. 쾰른 대성당이 보이는 슐로스 벤스베르크 호텔이었다.

그곳에 자리를 잡은 대표 팀은 바이엘 레버쿠젠의 구장인 바이 아레나를 훈련장으로 제공받았다.

바이 아레나는 2만 5천석 규모의 중형 구장이었는데, 세계적인 대기업 바이엘사의 스폰을 받는 경기장답게 파주 국가대표팀 훈련장보다 더 나아 보였다. 역시 돈이 돌아야 환경이 좋아진다는 걸 증명하는 듯한 모습이었다.

호텔에서 하루를 쉰 대표 팀의 훈련이 시작된 첫날, 아드보카트는 소집된 선수단을 바라보며 입을 열었다.

"이번 대회 목표는 16강 돌파다. 그 이상으로 올라가면 좋겠지만, 난 너희들이 무리해 가면서 2002년의 기록에 도전하는 건 바라지 않아."

그는 안정적인 16강 진출을 바랐다. 조 1위로 올라가기 위해 무리하는 것보다는 프랑스에 이은 조 2위로 16강에 오르기만 하면 된다는 태도였다.

"2위로 올라가면 스페인을 만나는 거 아닌가요?"

"아마 그럴 거다."

아드보카트는 민혁의 질문을 받고는 고개를 끄덕였다. 그렇게 되면 아마도 거기서 대표 팀의 월드컵이 끝나겠지만, 스페인을 피해 무리를 하다가 16강 진출이 좌절되는 것보다는 낫다는 말도 뒤를 이었다.

"다들 알겠지만, 스페인은 강한 팀이다. 아마 16강에서 그들을 만나면 우린 탈락하겠지."

감독의 말에 반론을 제기하는 사람은 없었다. 비록 이 시기의 스페인은 메이저 대회 우승을 한 번도 거머쥐지 못한 팀이었지만, 무관의 제왕이라 불릴 정도로 강력한 팀임엔 틀림없었다.

게다가 그들이 한국을 만나게 될 경우, 지난 대회에서의 패배를 설욕하기 위해 다른 팀을 상대할 때보다 더 위협적으로 달려들 터였다. 2002년 멤버의 절반이 은퇴한 대한민국이 감당하긴 어렵다는 뜻이었다.

아드보카트는 그 점을 상기하라는 듯한 표정으로 말을 이었다.

"난 너희가 토고와 스위스 정도는 충분히 이길 수 있다고 본다. 물론 운이 좋다면 프랑스도 이길 수 있겠지. 하지만 스페인을 피하려고 무리해서 더 큰 걸 잃는 것보단 안정적으로 2위를 노리는 게 합리적이다."

그는 목에 건 휘슬을 잡으며 질문을 던졌다.

"혹시 뭐 할 말 있나?"

"없습니다!"

"좋아."

선수단을 훑어본 아드보카트는 휘슬을 물며 말을 이었다.

"그럼, 훈련을 시작하자."

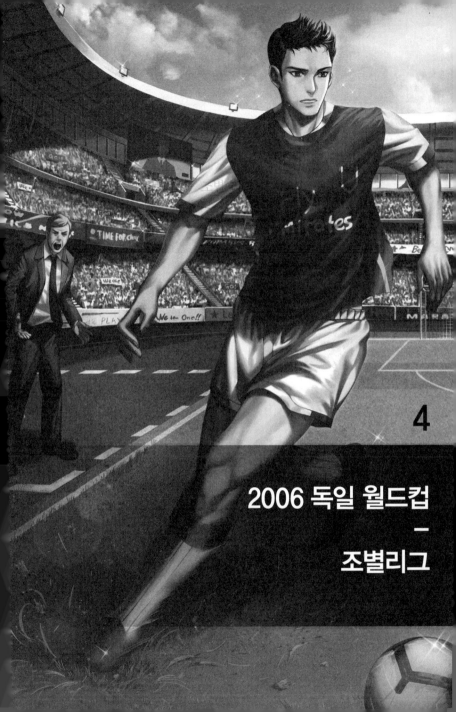

4

2006 독일 월드컵
-
조별리그

이아영은 최주평과 함께 대표 팀 취재 건으로 독일에 있었
다. 세네갈전이 열리기 전 기사로 나온 민혁의 인터뷰를 본 한
영 일보 사주가 그 둘을 묶어 독일에 출장을 보내 버린 탓이
었다.

장시간의 비행에 지쳐 버린 그녀는 공항을 빠져나오며 힘없
이 말했다.

"사장님 나빠요······."

"무슨 불법체류 한 외국인 노동자 같은 소릴 하고 있어?"

최주평은 어이없다는 표정을 지은 채 이아영을 보았다.

그들은 토고 국가대표팀이 캠프를 차린 독일 남부의 소도시 방엔(Wangen)에 들어섰다. 한국 대표 팀엔 다른 신문사 기자들이 진을 치고 있을 테니, 그들 대신 대표 팀 첫 상대인 토고와 인터뷰를 따내서 단독 기사를 올리겠단 생각이었다.

첫 외국인 인터뷰라는 사실에 긴장하고 있던 이아영은 한가지 사실을 떠올리고는 입을 열었다.

"편집장님, 프랑스어 할 줄 아세요?"

"그럴 리가. 나 토익도 700점밖에 안 나와. 독일어도 취재 나오려고 단어 몇 개 공부한 게 다고."

"근데 어떻게 인터뷰를 하려고요? 영어로요?"

"내가 다 알아서 할 거니까, 걱정하지 마."

호언장담을 한 최주평은 도시 중앙에 있는 정육점에 들어갔다.

갑자기 정육점을 찾는 그에게 당황한 이아영은 가만히 멈춰서 주변을 두리번거렸다. 그러자 안으로 들어갔던 최주평은 다시 밖으로 나와 그녀에게 안으로 들어오라는 신호를 보냈고, 이아영은 머뭇거리면서도 그를 따라 안으로 향했다.

최주평은 곧바로 정육점 주인으로 보이는 남자에게 다가가 손을 내밀고 입을 열었다.

"안녕하세요. 메일 드렸던 한영 일보 최주평 기자입니다."

"아… 일찍 오셨네요."

"늦는 것보단 조금 일찍 오는 게 낫죠."

최주평은 정육도를 든 상점 주인과 악수를 하고는 이아영을 돌아보았다.

"인사드려. 통역해 주실 강민호 씨야."

"안녕하세요."

"따님이세요?"

최주평은 인상을 구기며 말했다.

"후배입니다. 저랑 14살 차이고요."

"아… 기자님이 늙어 보인다는 게 아니라……."

"괜찮습니다."

최주평은 딱딱한 표정으로 대답했다. 하나도 괜찮아 보이지 않는 표정이었다.

"근데 편집장님, 저희 토고 대표 팀이랑 인터뷰하러 가는 거 아니에요? 그럼 프랑스어 할 줄 아는 사람이 필요한데……."

"괜찮습니다. 일 때문에 알자스에도 자주 왔다 갔다 했거든요. 거긴 독일어랑 프랑스어가 섞여서 쓰이는 지역이라 둘 다 어느 정도 할 줄 압니다."

강민호는 정육도를 내려놓고 앞치마를 벗으며 자랑스레 말했다.

얼마 후, 최주평과 이아영은 옷을 갈아입은 강민호의 차를 타고 토고 대표 팀이 있는 캠프로 향했다. 그 앞에서 기다리다가 토고 대표 팀 선수를 발견하면 인터뷰를 시도하자는 게 최주평의 계획이었다.

오후 4시가 조금 넘어갈 무렵, 축구 유니폼을 입은 흑인 선수가 훈련장을 나오는 모습이 보였다. 토고 대표 팀 선수단 중에서 유일하게 토고 리그에서 뛰는 골키퍼 코조비 오비 도빌랄레(Kodjovi Dodji Obilale)였다.

최주평은 강민호에게 눈짓을 했고, 강민호는 종이와 펜을 들고 그에게 다가가 입을 열었다.

"안녕하세요."

"네?"

"토고 국가대표시죠?"

강민호는 종이와 펜을 내밀었다. 도빌랄레는 웃으며 종이에 사인을 하다, 그의 뒤편에 있는 최주평과 이아영을 보고는 혹시나 하며 질문을 던졌다.

"기자는 아니시죠?"

"저는 아니고, 이분들이 한국에서 온 기자분들입니다."

도빌랄레는 웃음을 거두고 손사래를 치며 입을 열었다.

"인터뷰 못 해요."

"네?"

"저는 좀 더 말씀을 드리고 싶은데, 감독님이 그랬거든요. 한국, 중국, 일본 언론이랑 인터뷰하다가 정보 하나라도 새게 하는 놈은 월드컵에서 1분도 뛰지 못하게 할 거라고요."

그는 그 말을 끝낸 후 곧바로 몸을 돌렸다. 더 이상은 한마디도 하지 않겠단 의지의 표명이었다.

"왜 저래요?"

"정보 나갈까 봐 그러는 거지."

"프랑스나 스위스 기자들하고는 멀쩡히 대화하잖아요."

이아영은 토고 유니폼을 입은 선수와 프랑스 사람으로 보이는 기자가 인터뷰를 나누는 방향을 손으로 가리켰다. 프랑스 기자와는 멀쩡히 인터뷰를 하면서 한국 기자와는 인터뷰를 하지 않겠다는 이유를 도저히 납득할 수 없었다.

최주평은 어깨를 으쓱하고는 그녀의 의문을 풀어주었다.

"토고가 우릴 우습게 보는 거지. 아시아 팀이니까 정보만 안 새면 1승 제물이라고 생각하는 거야."

"우리도 4강 팀 아니에요?"

"그거야 우리 생각이고. 한국 빼면 다들 2002년 4강은 홈 어드밴티지에 편파 판정 받아서 올라간 거라고 생각하니까. 솔직히 한국이 이탈리아랑 스페인 이길 거라고 생각했던 사람 아무도 없잖아. 안 그래?"

"그래도요!"

"됐어. 여기 있어봐야 시간 낭비 같으니까 좀 있다가 저 프랑스 기자나 만나서 이야기나 들어보자고. 기사는 그거 가지고 쓰고."

최주평은 대수롭지 않다는 표정으로 고개를 돌리고 카페를 가리켰다. 프랑스 기자의 인터뷰가 끝날 때까지 그곳에서 기다리고 있자는 뜻이었다.

커피를 시킨 최주평은 쾰른에 있을 민혁을 떠올리며 중얼거렸다.

"그놈 인터뷰도 단독으로 따야 되는데……."

"네?"

"이 기자, 윤민혁 인터뷰 단독으로 따볼래?"

이아영은 활짝 웃으며 말했다.

"싫어요."

*   ' *   *

2006년 6월 13일.

독일 프랑크푸르트에서 열린 토고전은 '숲의 경기장'이라고 불리는 발트슈타디온(Waldstadion)에서 열렸다.

비록 월드컵 스폰서와의 계약 문제 때문에 '프랑크푸르트 월드컵 경기장'이라는 이름으로 불리는 처지였지만, 어쨌거나 월드컵 경기를 유치하는 경기장답게 웅장한 느낌을 주는 구장이었다.

"긴장돼?"

"별로요."

민혁은 어깨를 으쓱하며 말했다.

"챔스 데뷔전보단 덜한데요?"

"지금 챔스 나갔었다고 자랑하는 거지?"

대표 팀 골키퍼 이은재가 진지한 표정으로 민혁에게 물었다. 그를 아는 사람이라면 장난인 걸 알아도, 그를 잘 모르는 사람으로서는 장난처럼은 보이지 않는 표정이었다.

"여기 챔스 나간 사람 저만 있는 거 아닌데……."

"다들 조용히 있잖아."

"아니, 그 형들은 지난번 월드컵도 나갔었잖아요."

이은재는 표정 하나 바꾸지 않고 민혁을 보았다. 딱히 죄를 지은 것도 없는데 움찔하게 만드는 표정이었다.

그걸 본 박지석이 웃으며 말했다.

"형, 왜 그래요. 애 잘못하면 울겠네."

"…안 울어요."

민혁은 그제야 장난임을 깨닫고는 인상을 썼다. 40살이 다 되어가는 사람들이 왜 저러는지 모르겠단 심정이었다.

하지만 민혁은 입을 열지 못했다. 때마침 안으로 들어온 코치진 때문이었다.

"다들 옷은 갈아입었나?"

아드보카트는 라커룸에 앉아 있는 선수들을 한차례 훑어보며 입을 열었다.

"그럼 전술을 설명하겠다."

그는 전술 판이 그려진 화이트보드를 손으로 가리키고 설명을 시작했다. 그 요체는 2002년 월드컵 당시 히딩크 감독이 추구했던 것과 별반 다르지 않았다. 전방에서부터 시작되는 강한 압박으로 상대의 움직임을 봉쇄하는 한편, 상대보다 많이 뛰고 속도를 높여 기회를 만들어내는 방식이었다.

거기까지 설명한 아드보카트는 민혁에게 시선을 고정시켰다.

"공격 시 볼 배급은 네게 맡기겠다. 할 수 있겠지?"

"프리롤은 아닌 것 같은데……."

"수비 상황에선 전술을 따라라. 하지만 공격 상황에서는 프리롤을 수행해도 좋다. 자신 있겠지?"

민혁은 고개를 끄덕였다. 자신이 없어도 자신이 있는 것처럼 나서야 할 때였다.

고개를 끄덕인 아드보카트의 눈이 왼쪽으로 향했다. 그러자마자 입을 연 그는 선수들 하나하나를 붙잡고 세부적인 전술을 지시했다. 프리롤에 가까운 역할을 맡은 건 민혁을 비롯한 셋뿐이었고, 나머지는 수비 시는 물론 공격 시의 움직임까지도 일일이 요구받았다. 민혁으로서는 고개를 갸웃하게 만드는 모습이었다.

"뭘 그렇게 봐?"

"어… 지시가 너무 세세해서요."

박지석은 목소리를 낮춰 말했다.

"너도 프리롤이지?"

"네."

"감독님이 권위에 약해. 너랑 난 프리미어 명문 팀이고 현수는 국가대표 에이스니까 알아서 하라는 거야."

"아……"

민혁은 그제야 상황을 납득했다. 융통성을 발휘했다기보다는 만약의 경우 책임을 회피할 의도임이 보이는 행동이었다.

잘되면 좋지만, 잘되지 않았을 경우 프리롤을 맡은 선수들이 제 역할을 못 해줬다는 핑계를 대려는 생각임을 눈치챈 것이다.

'그래서 세 명이나 프리롤로 뒀구나.'

민혁은 떨떠름한 표정으로 아드보카트를 보려다 고개를 떨궜다. 그런 표정을 보여서 좋을 건 하나도 없었다.

그러는 사이 설명을 끝낸 아드보카트는 시계를 한 번 보고는 선수들을 이끌고 라커룸을 나섰다. 경기가 시작할 시간이 거의 다 되었기 때문이었다.

민혁이 다른 선수들과 함께 줄을 서고 있을 때, 그들보다 먼저 나온 토고 대표 팀에 있던 아데바요르가 민혁에게 다가와 손을 내밀었다. 국가대표로서는 적이어도 소속 팀이 같아서인지 반가워하는 표정도 떠올라 있었다.

"Hi(안녕)."

민혁은 웃으며 악수를 받았다. 그 뒤로 아데바요르가 뭐라고 말하는 소리가 들리긴 했지만, 안타깝게도 프랑스어라 해석이 불가능했다.

"쟤가 아데바요르야?"

"네."

"축구 엄청 잘하게 생겼네."

"잘해요. 엄청."

"…담담하게 말하니까 불안해지잖아."

"괜찮아요. 제가 더 잘하니까."

민혁은 웃으며 말한 후 정면을 보았다. 월드컵 본선 첫 경기라 그런지 가슴이 왠지 두근거렸다.

얼마 후, 심판이 입장을 알리는 신호를 보냈다.

복도에서 나와 경기장에 들어서자 5만여 명의 관중들이 선수들을 격려하는 고함을 질렀다. 절반 정도는 한국인이었지만 토고인도 천 명 가까이 자리를 잡고 있었다. 아무래도 한국 교민이 많이 사는 프랑크푸르트라 한국인의 비율이 높은 것 같았다.

민혁은 가슴을 살짝 눌렀다. 그래도 열정적으로 한국을 응원해 주는 팬들이 있다는 걸 확인하자 떨리던 심장도 조금씩 안정되는 느낌이었다.

하지만 안정은 오래가지 못했다.

―아, 쿠바자에게 골을 허용합니다. 수비진이 너무 안일했어요.

―수비진도 문제지만 미드필더진의 커버가 허술했습니다. 크로스 직전의 패스를 막았어야죠.

한국은 전반 13분 만에 골을 허용했다. 민혁이 회귀하기 전보다 안 좋은 스타트였다. 민혁이 대표 팀에 합류하면서 공격력이 늘어난 반면, 그에 비례해 수비력이 약해진 탓이었다.

선제골을 허용한 한국은 토고에 대한 압박을 강화하며 골을 노렸다. 선제골을 넣고 기세를 올리던 토고는 민혁의 패스를 받은 이현수의 슛에 놀라 공격을 포기하고 수비로 전환해 대한민국 대표 팀을 난처하게 만들었다.

전반 25분 이후 토고의 슛이 단 하나도 없었음을 보아도 알 수 있듯이, 토고에겐 더 이상 공격을 진행할 뜻이 없어 보였다.

그나마 중동처럼 침대 축구를 하지 않는 것이 유일한 위안이랄까…….

"좋지 않군."

아드보카트의 표정이 굳었다. 1승 제물로 생각하던 토고전에서 이래서야 16강 돌파는 힘들어 보였다.

고민하던 그는 한 명의 선수를 불러들였다.

*   *   *

─한국 대표 팀, 센터백 노진규를 빼고 수비형미드필더 이상식 선수를 투입합니다.

─이건 좀 더 전진해서 기회를 노리겠단 생각이죠. 수비 상황에선 이상식 선수가 센터백 위치로 내려가고, 평상시엔 3선

과 2선 사이에서 공을 받아 움직이란 뜻이에요.

　─나쁘지 않은 선택이지만 역습에 주의해야 합니다. 토고가 역습이 빠른 팀은 아니지만 한 방이 있는 팀이거든요. 이미 대표 팀은 그 한 방을 허용하지 않았습니까? 더는 안 돼요.

　─그렇습니다. 절제된 수비와 화끈한 공격. 대표 팀은 그 두 가지를 모두 잡아야 합니다.

　4─5─1을 쓰던 대한민국 대표팀은 3─5─2에 가깝게 포지션을 바꿨다. 센터백과 수비형미드필더를 교체한 후 민혁을 좀 더 앞으로 내보내는 전술이었다. 아마도 민혁의 드리블로 상황을 바꿔볼 생각인 듯싶었다.

　감독의 노림수는 제대로 적중했다. 후반 시작 5분이 지나갈 무렵, 패스를 받아 달리던 민혁이 토고 수비의 발에 걸려 넘어진 것이다.

　심판은 곧바로 휘슬을 불었다. 페널티킥을 예상한 대한민국 코치진과 중계진은 환호했지만, 심판은 페널티박스 바로 바깥쪽을 가리키며 입에서 휘슬을 떼었다. 프리킥 선언이었다.

　─아, 저게 왜 프리킥인가요. 페널티에어리어 안쪽에서 발이 걸려 넘어졌는데요.

　─영상 화면을 다시 한번 보고 싶습니다. 현지 중계진이 화면을 틀어주면 좋겠는데 진행 화면만 보여주네요.

　─아… 프리킥으로 굳어지는 분위깁니다. 심판이 항의를 든

지 않네요.

심판은 어떤 항의도 받지 않겠다는 표정으로 손을 가슴께에 가져다 놓았다. 더 항의를 한다면 카드까지 꺼내겠다는 표정인지라, 선수단은 못마땅한 표정을 지으면서도 프리킥을 준비했다.

공을 받아 놓은 건 대표 팀 윙어 이현수였다.

"형이 차게요?"

"왜? 네가 차게?"

민혁은 고개를 저었다. 자신은 세컨 볼이 떨어질 경우를 노리겠다는 표현이었다.

"근데 형 키커 아니잖아요?"

"병용이 형하고는 이야기 끝났어."

이현수는 물러나라는 신호를 보내고 심판의 휘슬을 기다렸다. 민혁은 두 걸음 물러나 이병용을 보았지만, 원래 키커로 지정되어 있던 그는 괜찮다는 표정으로 고개만 끄덕였다. 이현수를 믿어보자는 사인이었다.

그러자마자 심판의 휘슬이 울렸고, 힘차게 도움닫기를 한 이현수의 왼발이 공을 때렸다.

포물선을 그리며 날아간 공은 골망을 흔들었다. 동점이 되는 순간이었다.

─아! 동점! 동점입니다!

─그렇습니다. 이현수 선수 하면 프리킥의 스페셜리스트 아

닙니까? 전 이렇게 될 줄 알았습니다. 공을 놓는 순간 팍! 하고 느낌이 왔어요.

중계진은 환호하며 소리를 높였다. 경기장을 채운 관중들의 입에서도 환호가 터졌다. 토고 응원단이 소리 높여 야유를 보냈지만, 아무래도 숫자의 차이가 있어서인지 토고 응원단의 야유는 한국을 응원하는 관중들의 환호에 묻혀 버렸다.

그로부터 10분 뒤.

2002 월드컵 주역이자 '테리우스'라는 별명을 가진 스트라이커 안정훈의 추가골이 터졌다. 2002년 월드컵 16강전에서의 골든골을 연상시키는 멋진 헤딩골이었다.

"와아아아아!"

관중석은 광란의 도가니로 변해 있었다. 응원하던 팀이 역전을 이뤄낼 때의, 흡연으로 얻는 쾌감의 3배에 달하는 즐거움을 느끼는 사람들로 넘치는 모습이었다.

─관중들 환호성이 참 듣기 좋죠?

─동감입니다. 저도 안정훈 선수의 헤딩골이 들어가는 순간 환호했거든요. 멋진 골이었습니다.

─윤민혁 선수의 크로스도 좋았습니다. 머리만 가져다 대면 골이 들어갈 수 있게 하는 아름다운 크로스였죠. 정말 자로 잰 듯한 예술적인 크로스였어요.

─한국이 터뜨린 두 골 모두가 윤민혁 선수의 발에서부터 출발했는데, 골이 없는 게 참 아쉽지 않습니까?

―아직 경기는 많이 남았습니다. 어떻게 될지는 아무도 모르죠.

홍영욱 해설의 말대로, 관중들의 환호는 1분 만에 멎었다. 경기가 재개되자마자 터져 나온 아데바요르의 슛이 골대를 때렸기 때문이었다.

그 슛은 기세를 올리던 대한민국의 선수단을 움찔하게 만든 일격이었다.

―위험했습니다. 정말 위험했어요. 골키퍼가 반응도 못 하지 않았습니까?

―지금도 골대가 흔들리는 것 같습니다. 축구 골대가 흔들리기 쉽지 않은데요.

―대한민국 선수들 볼 점유에 집중합니다. 방금 전의 강슛에 놀란 것 같습니다.

―좋지 않아요. 우리 페이스를 찾아야 합니다.

대한민국은 안정적인 패스로 리드를 유지하려는 움직임을 보였다. 아데바요르의 슛으로 뒤쳐졌던 기세를 회복한 토고는 전반전의 대한민국처럼 강한 압박을 시도해 공을 뺏으려 했고, 상대적으로 기술이 떨어지는 대한민국은 빠르게 볼을 돌리며 압박을 피했다.

토고는 계속해서 전방 압박의 강도를 높였다. 버티다 못한 수비진은 결국 골키퍼에게 공을 넘겼고, 골키퍼는 달려오는 아데바요르를 보고는 전방으로 공을 날려 압박을 벗어났다.

공격권을 상실할 수도 있는 좋지 않은 패스였다.

다행히 공은 민혁에게 이어졌다.

―윤민혁 선수, 윤민혁 선수 드리블, 수비수 두 명을 제치고 숫, 숫… 이 아니라 패스군요. 이현수 선수에게 공이 연결되었습니다.

―아, 빨리 크로스 올려야죠. 토고 선수들 모두 수비에 복귀했어요.

―이현수 선수의 판단력이 조금 아쉽습니다. 평소의 이현수 선수라면 하지 않을 실수인데요.

―이현수 선수가 늦었다기보다는 토고 수비진의 커버가 좋았죠. 다들 길쭉길쭉하잖습니까? 그만큼 커버 반경이 높고 예상치 못한 곳에서 다리가 들어올 가능성도 높다는 거예요. 그 상황에서 공을 받아 지킨 것만으로도 이현수 선수는 할 일을 다 한 겁니다.

중계진의 칭찬을 듣기라도 했는지, 이현수는 전진을 포기하고 공을 지키다 뒤로 돌렸다. 수비형미드필더와 중앙미드필더의 역할을 수행하는 이병용이 있는 방향이었다.

공을 받은 이병용은 전방을 향해 롱패스를 시도했다. 압박에 밀렸기 때문이었다.

토고 수비진은 헤딩으로 패스를 끊었다. 하지만 공이 날아간 곳엔 민혁이 대기하고 있었고, 그를 마크하고 있어야 할 토고의 선수는 보이지 않았다.

민혁은 왼발로 공을 받아 살짝 띄웠다. 그러자마자 공이 있던 자리로 슬라이딩태클이 들어왔는데, 민혁은 왼쪽 무릎으로 공을 한 번 더 툭 쳐 반대편으로 보내며 앞으로 질주해 태클을 피해낸 뒤 그대로 달려 나갔다 토고의 수비진들이 반응하기엔 너무 빠른 한 수였다.

위기감을 느낀 토고의 센터백이 무리수를 발동했다. UFC에서나 나올 법한 몸통 박치기였다.

심판은 주저 없이 휘슬을 불고 달려가 카드를 꺼냈다. 첫 번째로 꺼낸 카드는 노란색이었고, 그 뒤를 이어 붉은색 카드가 모습을 보였다. 경고 누적으로 인한 퇴장이었다.

―장 폴 아발로 선수 레드카드! 퇴장입니다!

―토고 대표 팀 주장 아발로 선수가 경고 누적으로 퇴장당합니다. 토고로서는 치명타예요!

토고 감독은 대기심을 붙잡고 고함을 질렀다. 하지만 누가 보아도 명백한 반칙이라 판정이 번복되지는 않았다. 현장에 있는 대형 전광판에서 재생되는 리플레이 장면이 반칙이 맞다는 명확한 증거였다.

결국 항의를 포기한 토고의 감독은 선수를 교체해 반격을 노렸다. 다수의 사람들에겐 뜻밖으로 생각되는 수였다.

―토고의 오토 피스터 감독, 엠마누엘 아데바요르를 빼고 카림 구에데 선수를 넣습니다. 공격을 포기하겠다는 걸까요?

―아데바요르 선수도 많이 지치지 않았습니까? 그걸 생각

하면 스피드가 느려진 아데바요르 선수를 빼고, 구에데 선수를 넣어서 스피드를 살린 역습을 하겠다는 생각이 아닐까 싶습니다.

교체가 끝난 직후 프리킥을 차도 좋다는 심판의 사인이 떨어졌다. 이번에도 키커는 이현수였다.

이번 프리킥은 수비벽에 맞고 튀어나왔다. 공을 잡은 안정훈은 드리블로 돌파하려다 공간이 없음을 느끼고 왼쪽으로 공을 넘겼고, 공을 받은 이현수는 반대편의 박지석을 겨냥하고 크로스를 날렸다.

―박지석 공 받았습니다. 가로막는 은디아예를 돌파합니다!

―크로스를 날려야죠. 시간을 끌면 좋지 않아요.

―뒤로 돌아간 패스, 풀백 송종욱이 공을 받습니다.

송종욱의 시선은 민혁을 향했다. 좀 더 가까이 와서 공을 받아달란 뜻이었다.

의미를 이해한 민혁은 토고의 수비수를 페인트로 따돌린 후 그에게 다가갔고, 송종욱은 재빨리 공을 넘기고 측면으로 빠졌다. 2 대 1 패스를 통해 활로를 찾고자 하는 것 같았다.

민혁은 토고 수비수의 다리 사이로 공을 빼내 송종욱과 2 대 1 패스를 시도했다. 그리고 다시 돌아온 공을 받아 좀 더 앞에 있는 박지석과 다시 한번 2 대 1 패스를 시도해 토고의 일차적인 압박을 벗어나 전방으로 향하며 돌파를 시도했다.

민혁을 막으려던 토고의 수비수들은 발을 뻗다 움찔했다.

주장인 아발로가 퇴장을 당한 걸 본 지 얼마 되지 않아 생긴 압박감 때문이었는데, 덕분에 민혁은 별다른 어려움 없이 골키퍼와 1 대 1 상황을 만들 수 있었다.

토고의 골키퍼 코시 아가사는 노련하게 각도를 좁혀왔다. 프랑스에서 경험을 쌓은 골키퍼다운 실력이었다. 다양한 슈팅 기술을 가진 민혁조차도 골을 넣을 각도를 찾기 힘들 정도였다.

민혁은 눈썹을 꿈틀하곤 공을 옆으로 밀었다. 스트라이커 안정훈이 달려오는 방향이었다.

—안정훈 선수! 오늘 두 골째입니다!

—이번에도 윤민혁 선수의 어시스트입니다! 두 선수 조합이 좋은데요?

—대한민국에서 가장 기술이 뛰어난 두 선수니까요. 프랑스를 상대로도 좋은 모습을 보여줄 거라고 기대해도 될 것 같습니다.

토고 선수들은 지친 표정으로 고개를 저었다. 2 대 1이면 몰라도 3 대 1 상황이면 게임은 끝났다고 보는 것 같았다. 시간도 얼마 남지 않은 데다 선수의 숫자도 한 명이 부족하고, 주포인 아데바요르까지 빠진 상황이기 때문인 듯싶었다.

토고의 무기력한 플레이가 이어지는 가운데, 경기 종료를 알리는 휘슬이 울렸다.

—심판, 휘슬 불었습니다! 대한민국의 월드컵 원정 첫 승이

이렇게 기록됩니다!

　―이제 16강 진출의 절반을 이뤘다고 볼 수 있을까요?

　―그건 프랑스와 스위스의 경기를 지켜봐야 되겠습니다. 만약 두 팀이 비겨준다면 우리로서는 최상이겠죠.

　―그렇게 되면 좋겠습니다. 참, 이번 경기의 수훈 갑은 누구일까요?

　―역시 두 골을 넣은 안정훈 선수가 맨 오브 더 매치에 적합하겠죠. 윤민혁 선수가 한 골만 넣었더라면 당연히 윤민혁 선수겠지만, 아무래도 경기의 승부를 가르는 건 골이니까요. 두 골은 큽니다.

　중계진의 예상은 적중했다. 토고전의 MOM은 안정훈으로 결정되었다. BBC와 스카이 스포츠 등의 매체에서는 민혁에게 가장 높은 평점을 주기도 했지만, FIFA에서 선정한 공식 MOM은 안정훈이었다. 역시 골을 두 개나 기록했다는 점이 크게 반영된 모양이었다.

　미약한 아쉬움을 털어낸 민혁이 다른 선수들과 대화를 나누며 경기장을 떠날 때, 뒤편에서 누군가의 목소리가 들렸다.

　"야! 윤민혁!"

　　　＊　　　＊　　　＊

　민혁은 무심코 고개를 돌렸다. 익숙한 목소리란 생각이 들어서였다.

그를 부른 사람은 최주평이었다.

"어라? 아저씨?"

"지금 시간 되냐?"

최주평은 펜을 꺼내며 물었다. 그를 이곳에서 보게 될 줄은
몰랐던 민혁은 동료들을 먼저 보내고는 그에게 다가갔고, 최
주평은 이아영에게 가까이 오란 손짓을 보낸 후 민혁을 향해
입을 열었다.

"오늘 경기 괜찮던데? 컨디션 좋았나 봐?"

"편집장이 왜 여기 있어요?"

"출장. 아, 이쪽은 지난번에 봤지?"

"네?"

"안녕하세요."

민혁은 이번에도 흠칫하며 물러났다. 다른 사람이라는 건
알지만 꽤나 닮은 구석이 있기에, 어린 시절 스토커에게 시달
리던 트라우마가 되살아나는 느낌이었다.

최주평은 눈을 동그랗게 뜨고 이아영을 보며 의아해했다.

"뭐야? 이 기자, 너 쟤한테 무슨 짓 했어?"

"아무 짓도 안 했어요!"

이아영은 자기도 모르게 소리를 질렀고, 인상을 잔뜩 쓰며
귀를 막은 최주평은 한참 후에야 귀에서 손을 떼며 그녀에게
말했다.

"이 기자, 요즘 내가 만만한가 봐?"

이아영은 움찔했다. 그러고 보면 성격이 좋다고는 못 할 최주평치고는 오래 참은 느낌이었다.

"아뇨… 그게 아니라……."

"인터뷰 끝나고 이야기 좀 하지?"

주눅이 든 채 고개를 끄덕인 이아영은 민혁을 노려보았다. 민혁이 흠칫하며 물러나지만 않았어도 이런 일은 없었을 게 아닌가.

그 시선에 한 걸음 더 물러난 민혁은 떨리는 목소리로 입을 열었다.

"아… 아무튼 여기서 이러지 말고 카페라도 가죠?"

"그래, 그게 좋겠다. 아, 네가 사는 거지?"

"여기까지 와서 뜯어먹고 싶어요?"

"야, 여기서 네가 제일 잘 벌어."

민혁은 피식 웃고는 고개를 끄덕인 후 입을 열었다.

"따라오세요."

*　　　　*　　　　*

"야, 여기 카페 아니잖아."

"뛰었더니 배고파서요. 뭐 드실래요?"

최주평은 사양하지 않고 메뉴판을 받았다. 이번 기회에 단단히 뜯어먹어 보자는 생각을 하는 것 같았다.

얼마 후, 주문한 음식이 나왔다.

독일산 소고기로 만든 한국식 갈비가 숯불에 익어갔다. 한인 교포가 운영하는 식당이라 그런지 한국에서나 볼 수 있을 법한 것들이 많이 보였다.

"편집장님, 제가 할게요."

"가만있어. 고기는 원래 잘 굽는 사람이 구워야 돼."

"저도……."

"이 기자, 80년대생이지? 그럼 집에서 엄마가 구워주는 것만 먹지 직접 굽지는 않았을 거 아냐. 그러니까 이런 건 대학 때 많이 해본 70년생한테 맡기고 먹기나 해."

최주평은 미묘한 눈짓을 보냈다. 수습 몇 달 동안 눈칫밥을 먹어온 이아영은 최주평이 노리는 게 있음을 눈치채고는 조용히 손을 거둬들였고, 최주평은 익어가는 고기를 자르며 민혁에게 물었다.

"프랑스전은 자신 있냐?"

"네?"

"걱정하지 마. 나 여기서 한 말 기사로 안 쓸 거니까."

그는 다 익은 고기를 접시로 옮긴 후, 아직 익히지 않은 고기를 집어 불판 위에 올리고 가위를 든 채 말을 이었다.

"프랑스에 지단 있잖아. 아무리 늙었어도 지단은 지단이다."

"그래도 전성기만은 못하죠."

"아, 너 레알하고 붙어봤던가?"

민혁은 어깨만 으쓱했다. 지난 시즌 챔피언스리그 16강전이 아스날과 레알 마드리드의 경기였지만, 민혁은 그 경기에서 벤치만 지켰기 때문이었다.

"뭐야. 그럼 진짜 자신 있다는 거네?"

"아니, 별로 자신은 없는데… 선배들이 잘하니까 지지는 않겠죠."

"그걸 보고 자신 있다고 하는 거야, 인마."

민혁은 난처한 표정을 지었다. 그렇게 말하면 지단을 능가할 자신이 있다고 말하고 있는 것 같기 때문이었다.

"한 2~3년 후면 몰라도 지금은 무리죠."

"뭐?"

최주평은 젓가락으로 집었던 고기를 떨어뜨리며 눈을 깜박였다.

"그러니까, 2년만 있으면 지단보다 잘할 자신이 있다 이거야?"

"…뭐, 자신감 없는 것보단 낫잖아요."

"기자 앞에서 그렇게 막 이야기해도 되냐?"

민혁은 고기를 집어 들며 태연히 말했다.

"기사 안 쓰신다면서요."

"젠장. 내가 왜 그런 약속을 해서……."

최주평은 익은 고기를 집어 접시에 올리고 주문을 추가했다. 잠깐 움찔했던 민혁은 자신이 받는 주급을 떠올리고 안도하며 가볍게 웃었다. 아마 이번 월드컵이 끝나고 나면 주급이 오르면 올랐지 떨어질 일은 없을 터였기 때문이었다.

그런 민혁을 힐끗 본 최주평은 추가로 들어온 고기를 테이블에 올리며 물었다.

"아무튼 자신은 있다 이거지?"

*　　　*　　　*

"당했다……."

민혁은 한영 일보 인터넷판 기사를 보곤 한숨을 쉬었다. 이아영의 이름으로 기사가 나왔기 때문이었다.

"미드필더 윤민혁, 정말로 지단을 넘을 수 있을까?"

"…그거 반은 날조예요."

신문을 내려놓은 박지석은 눈을 깜박이며 표정 없는 얼굴로 입을 열었다.

"반은 진짜라는 거네?"

민혁은 어깨를 으쓱했다. 박지석이 저런 얼굴로 하는 말은 거의 농담임을 알기 때문이었다.

"왜, 아스날에서 뛰면 그 정도는 해야지. 무패 우승 멤버잖아."

"저 거기 열 경기도 못 나가서 우승 메달 못 받았거든요……."

"아무튼 간에."

풀백 김서진도 박지석과 장단을 맞춰 민혁을 공격했다. 농담이라는 건 알고 있지만 왠지 등골이 시려오는 이야기들이었다.

"그럼 곧 발롱도르도 받겠다?"

"어… 그건 좀……."

민혁은 어색한 표정을 지었다. 받고는 싶지만 호날두와 메시라는 괴물들이 나타날 걸 알기에 일어나는 현상이었다.

"왜? 지단도 이길 정도면 발롱도르 받아야지."

"아직 무리예요."

"아직?"

"지단이랑 발롱도르 둘 다요."

민혁을 놀릴 작정이던 둘은 의외의 반응에 눈만 깜박였다. 정말로 둘 다 해내겠다는 생각임을 느꼈기 때문이었다.

다행히 대화는 거기서 끝났다.

"왜 이리 소란스럽지?"

아드보카트의 등장은 민혁을 구해주었다. 아직 감독의 권위에 약한 한국 대표 팀이라, 그가 나타나자마자 장난스럽게 민혁을 압박하던 선배들이 하나같이 입을 다문 덕분이었다.

안으로 들어온 그는 라커룸을 스윽 훑어본 후 신문을 들었다. 한영 일보 기사를 인용한 내용이 실린 더 선(The Sun)지였다.

"윤."

"네?"

"정말 자신 있나?"

민혁은 한숨을 쉬었다. 이래서 기자들은 친하다고 방심하면 안 된다는 거구나 하는 깨달음을 얻게 되는 순간이었다.

"어… 없지는 않은데 있지도 않네요."

"무슨 소리지?"

아드보카트는 이해할 수 없다는 표정을 지었다. 하기야 누구라도 그런 표정을 지었을 법한 대답이었다.

"아무튼, 지단과 맞상대를 해서 밀릴 것 같나?"

"약간은요."

"약간?"

"아무래도 경험 차이라는 게 있으니까요."

민혁의 대답은 아드보카트에게서 놀라움을 이끌어냈다. 경험 차이를 언급했다는 건, 그 외의 다른 부분들에선 지단과 맞상대를 할 자신이 있다는 뜻이기 때문이었다.

하기야 기술적인 측면에서는 지단보다 못할 게 없는 베르캄프와 피레스를 보고 자란 민혁이었으니, 그들을 통해 기술을 보고 배웠다면 그런 자신감을 갖는 것도 이상할 게 없었다.

경기를 장악하는 능력과 리더십이야 지단이 그들보다 뛰어나겠지만, 그 외의 측면에서는 베르캄프나 피레스가 더 뛰어난 부분도 있었으니 말이다.

"흠……."

비기는 방향으로 경기를 진행하려던 아드보카트는 민혁의 대답을 듣고는 생각에 잠겼다. 정말 민혁이 지단과 맞상대를 할 수 있다면 굳이 비기는 방향을 택할 이유가 없었다.

선수단의 퀄리티라는 측면에선 프랑스가 대한민국보다 좋긴 하지만, 평균 연령을 생각하면 확고한 우위라고는 할 수 없을 터였다. 대한민국도 승산이 있다는 이야기였다.

'좋아.'

아드보카트는 그동안 구상하고 있던 전술을 폐기했다. 토고가 생각 외의 약체임을 확인한 이상 프랑스와 비기는 걸 목표로 해서는 안 됐다. 프랑스와 스위스도 토고를 이길 게 분명해진 지금, 안정적으로 승점 1점을 노리는 것보다는 프랑스나 스위스 둘 중 하나를 반드시 꺾어야만 16강 진출의 문이 활짝 열릴 터였다.

'프랑스전은 스위스전의 연습으로 쳐야겠어.'

그는 공격적인 전술을 택하기로 마음먹었다. 설령 프랑스에게 처참하게 패하더라도, 그 경기를 통해 공격적인 전술을 완성시켜 스위스전에서 승리를 따낼 생각이었다.

"다들 전술 판을 보도록."

아드보카트는 핌 베어벡을 시켜 전술 판을 가져온 후, 선수들의 등번호가 붙은 자석을 하나씩 붙이며 전술을 설명했다. 준비한 것과 다른 전술임을 알아챈 베어벡은 눈을 크게 뜨며 아드보카트를 봤지만, 그걸 알 리 없는 선수들은 감독과 통역의 말에 집중하며 다음 경기를 위한 준비를 시작했다.

그로부터 4일 후. 라이프치히의 젠트랄 스타디움에서 프랑스와 대한민국의 경기가 열렸다.

무심코 미리 와 있던 대한민국의 중계진을 바라본 이현수가 당황한 목소리로 입을 열었다.

"어, 저거 벵거 아냐?"

"네?"

민혁은 그쪽으로 고개를 돌렸다. 그러고 보니 아르센 벵거가 프랑스 국영방송의 해설자로 나섰다는 이야기를 들은 것 같았다.

"차 감독님이랑 인사하고 있는데?"

"현역 시절 유명하긴 정말 유명하셨나 보다."

이현수와 이은재가 감탄을 터뜨리자, 민혁은 고개를 끄덕이며 말을 받았다.

"하긴, 레만도 알더라고요."

민혁의 말은 선수단 전원을 놀라게 했다. 유명하다는 건 알았지만 무패 우승의 주역이자 아스날 레전드로 손색이 없는 레만까지도 그를 안다는 이야기를 듣자 새삼 그 위업이 다가오는 느낌이었다.

그러는 사이 심판이 나타나 손짓을 했다. 경기장으로 들어오라는 사인이었다.

─대한민국과 프랑스, 프랑스와 대한민국의 경기가 시작되려 하고 있습니다.

─많은 시청자분들이 이 경기를 보고 계실 거예요. 우리 대한민국 말고도 세계의 이목이 집중되는 경기 아니겠습니까?

─월드컵 G조 예선 중에서는 가장 주목도가 높은 빅 매치라 할 수 있겠죠. 전통의 강호 프랑스와 지난 대회 월드컵 4강에 오른 대한민국의 경기니까요.

─무엇보다 지단의 국가대표팀 복귀가 가장 큰 이슈일 텐데, 축구 팬으로서는 즐거운 일이지만 대한민국으로서는 참힘든 고비를 맞았다. 이렇게 말할 수밖에 없겠죠?

─그렇습니다. 지단을 어떻게 틀어막느냐가 이번 경기의 성패를 가른다고 할 수 있을 겁니다.

중계진은 나름의 전망을 늘어놓았다. 아드보카트 감독이 맞불을 놓을 거라고는 생각하지 못하는 모양이었다.

하기야 그건 대한민국만의 이야기가 아니었다. 이 경기를 중계하는 모든 국가의 중계진도 그와 비슷한 이야기를 하고 있었다. 대한민국이 2002년 월드컵 4강이란 위업을 이뤘다고는 하지만, 어디까지나 홈 어드밴티지와 행운에 기대어 이뤄낸 성과라는 평이 지배적이기 때문이었다.

─심판 휘슬 불었습니다. 경기 시작입니다.

정시에 시작된 경기는 초반 탐색 없이 진행되었다. 양쪽 모두 1승을 따내겠다는 의지가 느껴지는 흐름이었다.

전반 8분. 아비달의 크로스가 대한민국 수비진의 머리를 넘어 앙리에게 닿았다.

앙리는 가뿐히 수비수를 제치며 페널티박스 안으로 향했다. 수비수 노진규가 다급히 그에게 달라붙어 슈팅을 막으려는 움직임을 보였지만, 앙리는 가벼운 턴으로 그를 체지고 골대 구석을 힐끗 보았다.

바로 그다음 순간.

앙리의 슞이 골문을 향했다.

*　　　*　　　*

라이프치히에서 열린 프랑스전은 무승부로 끝났다. 대한민국으로서는 가슴을 쓸어내릴 만한 진행이었다.

늙은 수탉이라는 비아냥을 듣던 프랑스는 대한민국을 압도하는 경기력을 보였다. 스쿼드의 고령화로 인해 체력적인 문제를 드러낼 거라던 국내외 전문가들의 평가와 달리, 그들은 초반부터 대한민국을 압박해 결과를 따냈다.

그것을 단적으로 보여준 것이 전반 9분 만에 터진 앙리의 골로, 압박에 이은 볼 탈취와 크로스에 의해 발생한 득점이었다.

그 뒤로 한참이나 몰리던 대한민국은 후반 막판에 터진 박지석의 동점골로 간신히 한숨을 돌렸다. 민혁이 회귀하기 전과 거의 같은 패턴이었다.

"도메네크 감독이 이럴 리가 없는데……."

경기 후 라커룸에 들어간 민혁은 지친 표정으로 호흡을 고르며 중얼거렸다. 감독이 아닌 점술가라는 평을 받는 레이몽 도메네크 감독이 초반 강한 압박을 지시해 한국을 위기에 몰아넣을 역량이 있다고는 생각할 수 없었기 때문이었다.

"다들 수고했다."

아드보카트는 만족감을 드러냈다. 비기기 위해 안간힘을 쓴 것도 아닌데 이런 성과를 거뒀음에 기뻐하고 있는 것 같았다.

그는 골을 넣은 박지석을 치하한 후, 다음으로 민혁을 보며 말했다.

"윤."

"네?"

"잘했다."

아드보카트는 엄지를 들었다. 비록 지단과의 맞상대에서 이기지는 못했지만, 그래도 민혁이 보여준 플레이는 칭찬을 하기에 부족함이 없었다. 간간이 이어진 역습과 박지석의 동점골을 만들어낸 플레이의 시작 모두가 민혁이었으니, 지단에게 밀렸다는 이유로 민혁을 타박할 이유는 없었다.

하지만 민혁의 표정은 밝지 않았다.

"칭찬 들을 만큼은 아닌 것 같은데요."

"아니, 잘했다. 넌 이제 겨우 21살이야. 그 나이 때의 지단도 너만큼은 못했다."

민혁은 쓴웃음을 물었다. 비에이라와 사뇰에게 탈탈 털렸던 전반전의 자신이 떠올라서였다.

그나마 후반전 들어선 10여 분 정도를 지배했지만, 그건 나이가 많은 프랑스 미드필더진이 지쳐 버린 덕분이었다. 그들에게 체력적인 문제가 없었다면 그만한 활약을 보이지는 못했을 거란 이야기였다.

'그래도 배운 건 많으니까.'

민혁은 지단의 플레이를 떠올리며 가볍게 고개를 까딱거렸다. 베르캄프와는 또 다른 방식으로 세계 최고의 자리에 오른 선수의 플레이를 보자, 지공 상황에서의 대응과 관련해 눈이 뜨이는 느낌이었다.

다음 날, 동료들과 식당에 들어간 민혁은 TV에서 흘러나오는 어제의 경기를 보며 숨을 깊게 쉬었다. 대한민국의 압박을 가볍게 벗어나는 지단의 플레이와, 그에게 공을 받아 플레이를 진행하는 프랑스 선수들의 유기적인 움직임에 감탄이 절로 흘러나왔다.

TV를 통해 다시 경기를 보자, 경기장에서 직접 경험했을 때 느끼지 못했던 것도 알 수 있었기 때문이었다.

"뭘 그렇게 감탄하고 있어?"

"지단요."

"응?"

박지석은 민혁의 시선이 닿은 곳을 보고는 고개를 끄덕였다.

"진짜 잘했지. 2002년 평가전 때보다 훨씬 더 잘하는 것 같더라."

"그때가 지단 전성기 아니에요?"

"더 노련해졌어. 팀 조직력도 어제가 더 좋았던 것 같고."

"그래요?"

이야기를 들은 민혁은 어제 라커룸에 들어갈 때 느꼈던 의문을 한 번 더 떠올렸다. 도메네크 감독이 그토록 유기적인 전술을 구상할 수 있을 것 같지 않아서였다.

잠깐 더 생각을 잇던 민혁은 선수단이 모여 있던 식당에서 일어났다.

"어디 가?"

"앙리 좀 보러요."

"어? 앙리?"

"네."

대답을 끝낸 민혁이 핸드폰을 꺼내 앙리의 번호를 누르자마자, 사방에서 요청이 몰려들었다.

"야! 나 앙리 사인 하나만!"

"비에이라도!"

"난 트레제게!"

여기저기서 온갖 요청이 쇄도하자, 얼떨떨한 표정으로 그들을 바라본 민혁이 한숨 쉬듯 말했다.

"…직접 받으면 되잖아요."

"우리가 어떻게 받아. 너야 앙리랑 같은 팀이니까 가능한 거지."

"그렇지. 모양 빠지게 용건도 없으면서 거기 가서 사인해 달라고 할 수도 없잖아?"

이은재의 말에 할 말이 없어진 민혁은 고개를 끄덕인 후 식당을 나섰다. 이러다간 받아 오라는 사인이 100장을 넘을 것 같아서였다.

민혁이 막 식당을 나올 때, 마침 안에서 걸었던 전화가 연결되었다.

—어, 윤. 무슨 일이야?

"잠깐 물어볼 게 있는데, 거기로 가도 돼요?"

—우리 캠프로?

"네."

—너 쾰른에 있다며? 우린 비스바덴이야. 거기서 여기까지 200㎞ 가까이 된다고.

"택시 타고 가면 두 시간 안에 가요."

앙리는 그랬다간 감독에게 욕먹지 않겠느냐는 말을 꺼냈다. 그 말에 잠깐 움찔했던 민혁이지만, 그래도 이번 무승부를 이끌어낸 선수에게 욕을 하진 않으리란 믿음으로 태연히 말했다.

"괜찮아요. 욕하면 먹고 말죠."

―우리 숙소 어딘지 알아?

"호텔 이름 불러줘요."

앙리는 자신들이 머무는 호텔의 이름을 불러주었다. 어차피 도시에 들어오기만 해도 알 수 있는 걸 알려주지 않을 이유는 없었다.

호텔 이름을 받아 적은 민혁은 전화를 끊으려다 흠칫하며 입을 열었다.

"아, 그리고 부탁이 있는데요."

―뭔데?

"사인 한 스무 장만 해주세요."

*　　　*　　　*

쾰른에서 비스바덴까지는 꼬박 두 시간이 걸렸다.

독일의 택시비를 얕봤던 민혁은 그 대가를 톡톡히 치렀다. 출발할 때만 해도 빵빵했던 지갑이 본래의 반에도 미치지 못하는 부피로 줄어든 것이다.

"……"

본의 아니게 지갑을 다이어트시킨 민혁은 힘 빠진 얼굴로 눈앞의 호텔을 바라보았다.

"아, 와서 전화하랬지?"

민혁은 호텔 1층에 있는 작은 카페로 들어간 후 앙리에게 전화를 걸었다. 하지만 앙리는 전화를 받지 않았고, 음성메시지를 남겨달라는 말이 독일어로 흘러나왔다. 아마도 독일에 있는 동안은 독일의 통신사로 연결되기 때문인 듯싶었다.

메시지를 남기는 대신 전화를 끊은 민혁은 앙리의 번호로 문자를 보내고는 카페에서 시간을 때웠다.

앙리가 온 건 그로부터 한 시간이 지난 뒤였다.

"미안. 감독이 갑자기 변덕을 부려서."

"변덕이라뇨?"

"있어."

앙리는 떨떠름한 표정으로 대답하며 빈 의자에 앉아 메뉴판을 펼쳐 들고 입을 열었다.

"식사는 했어?"

"오는 길에 샌드위치 하나 먹었어요."

민혁을 힐끗 본 그는 주문할 메뉴를 골라 점원에게 전한 후 화제를 돌렸다. 민혁이 여기 온 이유에 대해서였다.

"물어볼 거라는 게 뭐야?"

"궁금한 게 있어서요."

"궁금한 거?"

민혁은 고개를 끄덕인 후 말했다.

"어제 전술 누가 짠 거예요?"

"전술이야 감독이 정하는 거지."

"도메네크는 그런 능력이 있는 사람이 아니잖아요."

앙리는 당황한 표정으로 민혁을 보았다. 어떻게 알았느냐는 느낌이 팍팍 느껴지는 시선이라, 민혁은 자기도 모르게 실소를 흘리며 말을 이었다.

"도메네크는 타로 카드로 선발 명단을 정한다면서요."

"…그래도 그 정도까지 막장은 아니야."

"그럼요?"

앙리는 말하기 싫다는 표정으로 고개를 돌렸다. 아무래도 타로 카드로 선발 명단을 정한다는 소문이 진짜인 것 같은 느낌이었다.

그사이, 점원이 커피와 소시지를 포함한 음식을 가져왔다. 조금 전 앙리가 시킨 것들이었다.

"맛있어 보이네요."

민혁은 앙리가 시킨 소시지를 보고는 침을 꿀꺽 삼켰다. 하지만 오는 길에 샌드위치를 세 개나 먹고 와서인지 한 접시를 새로 주문하기엔 좀 부담이었다.

그를 본 앙리는 웃으며 물었다.

"하나 먹을래?"

"네."

민혁은 냉큼 포크를 들어 큼직한 소시지를 찍어 들었다. 예의상 권했던 앙리는 제일 먼저 먹으려던 소시지를 빼앗긴 허탈함에 입을 벌리고 민혁을 보았고, 민혁은 태연히 감상을 토로하며 그를 보았다.

"맛있네요. 근데 왜 그래요?"

"정말 먹을 줄은 몰랐거든."

피식 웃은 민혁은 소시지를 하나 더 집으려다 앙리에게 제지당했다. 아무래도 훈련을 마치고 와서 배가 고팠던 모양이었다.

소시지에 대한 욕망을 접어둔 민혁은 그가 식사를 마칠 때까지 기다린 후에야 입을 열었다.

"근데 피레스는 왜 안 뽑힌 거예요? 부상도 없잖아요."

"도메네크는 원래 피레스 안 뽑았어."

"왜요?"

"몰라."

앙리는 냅킨으로 입을 닦고 커피 잔을 들었다. 기름진 음식이 주는 느끼함을 커피로 달랠 생각인 모양이었다.

"도메네크가 2년 전부터 대표 팀 감독이 됐는데, 이상하게 피레스를 안 뽑더라고."

"둘이 무슨 일 있었어요?"

"내가 알기론 없어. 있으면 지울리가 있었지."

"지울리?"

"루도빅 지울리 말이야. 바르셀로나에서 뛰는."

"아……."

민혁은 그제야 기억을 떠올렸다. 그러고 보니 루도빅 지울리라는 선수가 도메네크의 애인에게 추파를 던졌다가 프랑스 대표 팀에서 잘렸다는 내용을 보았던 기억이 있었다.

그래도 지울리로서는 억울한 일일 터였다. 감독과 24살이나 차이가 나는 여자가 감독의 애인일 거라고 생각하긴 힘들었을 테니 말이다.

"그러고 보니 미쿠도 안 뽑는 게 이상한데."

"미쿠요?"

"요앙 미쿠."

무심코 보컬로이드를 떠올렸던 민혁은 쓴웃음을 물고 고개를 젓다 그에게 물었다.

"그게 누군데요?"

"몰라?"

"네."

"지단 백업으로 뛸 만한 형 하나 있어. 조르카에프가 있을 때면 몰라도 지금은 지단 백업으로 충분히 뛸 만한데 이상하게 안 부른다니까."

민혁이 그를 모르는 건 이상하지 않았다. 베르더 브레멘의 에이스로 꼽히는 요앙 미쿠는 분데스리가에 친숙하지 않은 사람들에겐 잘 알려지지 않은 이름이기 때문이었다.

잠깐 생각을 이어가던 민혁은 고개를 들고 다시 물었다.

"혹시 피레스 전갈자리예요?"

"응?"

"도메네크 별명이 점성술사잖아요. 혹시 별자리가 마음에 안 들어서 그런 거 아닐까요?"

"에이, 설마."

앙리는 고개를 저었다. 아무리 도메네크가 막장이라도 정말 그러겠느냐 싶은 표정이었다.

"피레스 생일이 언제였죠? 10월이던가?"

"10월 29일."

"그럼 전갈자리 맞고… 그 요앙 미쿠라는 사람은요?"

"7월 24일."

"그럼 아닌 것 같은데……."

민혁은 혼란에 빠졌다. 7월 24일이면 사자자리라 점성술과 관계없는 이유가 있을 가능성도 있기 때문이었다.

그때, 문이 열리는 소리가 들렸다.

"어라?"

무심코 고개를 돌린 민혁은 막 카페로 들어온 사람을 보고는 소리를 내었다. 지네딘 지단이었다.

하지만 이내 민혁의 시선은 그의 뒤편으로 향했다. 지단의 에이전트로 보이는 남자의 가방에 이상한 것이 걸려 있는 게 보였기 때문이었다.

잠깐 그것에 시선을 두던 민혁은 앙리에게 물었다.

"…저거 뭐예요?"

"저런 거 걸어놔야 승률이 높아진대."

앙리는 아무리 생각해도 어이가 없다는 표정으로 고개를 저었다. 수면제라 불리던 어떤 게임의 캐릭터가 한 대사가 머릿속에 떠오르는 순간이었다.

"…부두교에 너무 심취한 건가."

"뭐?"

"혼잣말이에요."

민혁은 어색하게 웃으며 말을 돌렸다. 아직 발매되지도 않은 게임이라 그 게임 대사라고 말할 수도 없는 상황이었다.

그들이 그렇게 시작된 대화를 나누고 있을 때, 앙리를 발견한 지단이 다가오다 민혁을 보고는 눈에 이채를 띠며 입을 열었다.

"한국의……."

"윤, 풀 네임이 뭐더라?"

"민혁요. 민혁 윤."

"아, 그래. 아무튼 한국 17번 맞지?"

"네."

지단은 민혁을 유심히 보다 입을 열었다.

"너 레알 안 올래?"

*   *   *

"지금 내 앞에서 우리 차기 에이스 빼 가려는 거야?"

앙리는 어처구니없다는 표정으로 지단을 보았다. 자신이 눈을 시퍼렇게 뜨고 있는데 이래도 되느냐는 듯한 표정이었다.

하지만 지단은 태연히 말했다.

"레알에 와서 내 자리 당장 채우면 될 것 같던데? 아스날에 있어도 그만한 대우는 못 받잖아."

"그건 페레즈보고 알아서 하라고 해. 은퇴해서 레알 소속도 아니면서 왜 남의 선수를 넘봐?"

"페레즈 2월에 물러났어. 이제 칼데론이 회장이야."

"아무튼 간에."

앙리는 어이가 없다는 표정을 지우지 않았다. 그러나 지단은 그를 보면서도 계속해서 민혁을 회유했다. 지난 경기에서 민혁의 플레이에 단단히 빠진 것 같았다.

"내가 회장이랑 감독에게 말해놓을 테니까 레알로 와라. 내 자리로 들어가면 아스날에서 뛸 때보다 출장 시간이 더 늘어날지도 몰라."

"얘 아스날 주전이야."

"그래?"

지단은 의외라는 표정을 지었다. 20대 초반으로 보이는 민혁이 아스날 주전이라고는 생각하지 못했기 때문이었는데, 은퇴 준비로 바빴던 그라 프리미어리그까지 챙겨 보진 못했던 모양이었다.

"지난 시즌부터 주전 자리 꿰찬 애야. 게다가 레알은 갈락티코니 뭐니 하면서 죄다 끌어모았잖아. 이제 조직력도 갖춰졌을 테니 치고 올라갈 일만 남은 거 아니야?"

"레알도 사정이 별로 안 좋아. 바르셀로나에 있는 꼬마들이 막 치고 올라오거든."

"꼬마들이라니?"

"안드레아스 이니에스타랑 리오넬 메시."

앙리는 미묘한 표정으로 고개를 끄덕였다. 메시는 잘 모르겠지만 안드레아스 이니에스타는 이미 경기장에서 만나본 경험이 있었다. 아스날이 패배한 2005—06 챔피언스리그 결승전이었다.

"잘하긴 하더라."

그는 미간을 좁혔다. 비에이라가 이적해 버린 아스날과 이니에스타와 리오넬 메시를 비롯한 유망주들이 성장하고 있는 바르셀로나를 비교하고 있는 것 같았다.

민혁은 묘한 표정으로 그를 보았다. 그러고 보면 앙리가 아스날을 떠나는 시기가 이 무렵이었다.

스쿼드 보강이 되지 않는 아스날은 챔피언스리그 우승이 불가능하다고 판단한 나머지, 챔피언스리그 우승의 가능성이 보이는 바르셀로나로 이적했던 그가 아닌가.

'이번에도 바르셀로나로 가려나……'

민혁은 가능성이 반반이라 생각했다. 과거의 아스날과 달리 자신이라는 존재가 있기 때문이었다.

물론 이번 시즌에 은퇴를 할 베르캄프와 비야레알로 가게 될 가능성이 높은 로베르 피레스, 그리고 향수병을 이기지 못하고 레알로 이적할 레예스와 첼시로 튀어버릴 애슐리 콜의 부재를 감당하긴 어렵겠지만, 현재 영입이 논의되고 있는 선수들의 퀄리티도 나쁘진 않았다.

민혁이 잠시 생각을 이어갈 때, 지단은 다시 민혁에게 말했다.

"너, 지단의 후계자 소리 듣고 싶지 않아?"

"우리 차기 에이스는 안 돼. 감독님도 안 보낼걸."

"3,000만 유로면? 아스날 지금 돈 많이 필요하잖아."

앙리는 머뭇거렸다. 경기장 신축 비용에 허덕이는 아스날에 그만한 금액을 제시한다면 가능성이 아예 없지는 않았다.

하지만 민혁의 생각은 달랐다.

"갈락티코 비판했던 칼데론이 21살 유망주한테 그만큼 쓸 것 같진 않은데요?"

지단은 그 말을 듣고는 두 손을 들었다. 하기야 아무리 자신이 추천한다 해도 그만한 돈을 쓸 칼데론이 아니었다. 페레즈의 갈락티코 정책을 비판한 그가 거금을 들여 새로운 선수를 사 온다는 건 자신의 정체성을 스스로 공격하는 행위가 될 터이기 때문이었다.

민혁은 거기에 한마디를 보탰다.

"게다가 3,000만은 너무 싸요."

"뭐?"

"21살에 지단에게 직접 후계자 소리를 듣는 선수면 1억은 받아야죠."

지단은 할 말을 잃고 입을 벌렸고, 앙리는 옆에서 큭큭 웃다 지단의 어깨에 손을 올리며 말을 꺼냈다.

"맞는 말 아냐?"

"…그렇긴 하네."

지단은 그제야 제안을 포기했다. 아무래도 민혁에겐 레알 마드리드로 갈 생각이 없어 보였다.

그는 아쉬움을 접고 화제를 돌렸다.

"근데 한국 선수가 여긴 왜 온 거야?"

"물어볼 게 있어서 왔죠."

"물어볼 거라니?"

"어제 전술 누가 구상한 거예요?"

지단은 웃으며 자신을 가리켰다.

민혁은 납득한 표정으로 고개를 끄덕였다. 하기야 레알 마드리드의 챔피언스리그 3연패를 기록하게 했던 지단이라면 지금도 그 정도의 전술적 능력은 있을 터였다.

"근데 왜 감독이 아니라고 생각한 거야?"

"도메네크잖아요."

"아……."

지단은 머리를 긁었다. 짧은 대답이지만 완벽히 설명이 되는 이야기였다.

쓰게 웃은 그는 의자에서 일어나며 입을 열었다.

"그럼 재밌게들 이야기 나눠."

"아, 잠깐만요!"

민혁은 테이블 위의 냅킨을 한껏 집어 들고 펜을 꺼내 지단에게 내밀며 입을 열었다.

"사인 좀 해주세요."

*　　*　　*

2006년 6월 23일. 오후 8시 45분.

독일 하노버에 위치한 니더작센 슈타디온은 강렬한 긴장감이 지배하고 있었다. 각각 1승 1무씩을 기록하고 있는 두 팀의 경기가 열리는 곳이기 때문이었다.

같은 시간에 시작될 토고와 프랑스의 경기가 토고의 승리나 무승부로 끝나면 이 경기장에 있는 두 팀이 16강에 오르겠지만, 그 누구도 프랑스의 승리를 의심하지 않았다.

다시 말해, 대한민국과 스위스 두 팀 모두 패배를 해서는 안 되는 경기란 이야기였다.

민혁은 원톱으로 나온 박주혁을 불안한 표정으로 지켜보았다. 자신이 회귀하기 전에 있었던 이 경기에서 선제골의 빌미를 내주고 경기를 망쳐 버린 게 그임을 아는 까닭이었다.

'설마 이번에도 그렇게 되진 않겠지.'

민혁은 고개를 저었다. 자신이 스쿼드에 추가됨으로써 상황이 바뀌었으니 그때와는 다르게 돌아갈 거라는 생각이었다.

그로부터 15분이 흐른 후.

16강 진출이 걸린 경기가 시작되었다.

대한민국은 한층 여유로운 태도로 경기를 진행하고 있었다.

본래는 스위스가 골 득실 면에서 우위를 점한 채 시작한 경기였지만, 이번엔 토고를 3 대 1로 이기면서 다득점 우위로 한국이 우위를 점한 채 경기가 진행되고 있었던 덕분이었다.

아드보카트는 압박을 받고 있을 스위스의 강공을 예상했지만, 어째서인지 스위스도 모험을 걸지 않았다. 어쩌면 토고가 프랑스를 상대로 선전을 해주길 바라고 있는지도 몰랐다.

—스위스가 천천히 공을 돌리고 있습니다. 한국 선수들도 숨을 고르는 느낌입니다. 지난 경기와는 분위기가 많이 다르죠?

—그렇습니다. 특히 윤민혁 선수의 플레이 변화가 눈에 띄는데요. 토고전과 프랑스전에 비해 활동량이 많이 줄어들었네요.

—그렇습니다. 압박을 가하는 정도가 많이 약해졌어요. 감독의 지시일까요?

―감독의 지시라면 좋겠습니다만, 아니라면 감독의 눈 밖에 나지 않을까 걱정됩니다.

중계진은 걱정스럽다는 듯이 이야기했지만, 아드보카트는 중계진과 다른 판단을 내렸다.

"움직임이 좋아졌어. 지단을 보고 배운 것 같군."

"네?"

"윤 말이야. 쓸데없는 압박이 완전히 사라졌어. 필요할 때만 간헐적으로 압박에 들어가는군."

그는 민혁을 바라보며 턱을 쓸었다.

민혁의 공을 받고 돌려주는 플레이에서는 여유가 묻어나고 있었다. 프랑스의 지단이 보여주는 것과 비슷한 방식이었다.

"지난 경기에서도 저렇게 했으면 우리가 이겼을 텐데."

아트보카트는 오른손 엄지를 깨문 채 경기장을 보았다.

"월드컵을 경험하고 급격히 성장하는 선수들이 있지. 8강까지만 가면 윤도 그렇게 될 것 같군."

그는 입으로 물었던 손가락을 내리고 팔짱을 끼었다. 카메라가 자신을 향하고 있는 느낌이 들어서였다.

전반은 득점 없이 종료되었다. 쾰른에서 진행 중인 토고와 프랑스의 경기도 무승부로 전반이 종료되었다는 이야기가 관중석을 통해 흘러나왔고, 그 내용을 들은 양측 선수단은 미약한 안도를 느끼며 호흡을 골랐다. G 조의 경기가 이대로 종료된다면 대한민국과 스위스의 진출이었다.

'아마 프랑스가 이겼던 것 같은데…….'

민혁은 안도하는 선수단을 보고는 고개를 저었다. 아직은 안도를 느낄 때가 아니었다.

아드보카트는 별다른 지시 없이 선수들을 쉬게 했다. 흐름이 나쁘지 않은 데다 선수교체도 딱히 필요하지 않은 진행이었다. 이대로 후반전을 맞이해도 손해를 볼 게 없는 상황이기에, 그는 추가 주문으로 선수들의 정신력을 빼앗는 대신 휴식을 취하게 하기로 한 것 같았다.

하프타임은 금세 지났다.

재개된 후반전은 전반전과 양상이 조금 달랐다. 스위스가 천천히 앞으로 나오기 시작한 탓이었다.

—스위스의 프라이, 윤민혁 선수에게 바짝 붙어 압박을 가합니다.

—전반전과는 다른 흐름인데요, 아마 감독의 지시겠죠?

—스위스로서는 지금의 흐름이 불안할 겁니다. 이대로 끝나면 16강에 오르겠지만, 다들 아시다시피 프랑스가 토고를 이기지 못할 가능성은 별로 없으니까요.

중계진은 스위스의 변화를 초조함에서 비롯된 현상으로 진단했다. 탐색은 전반전에 충분히 진행한 데다, 이대로 끝날 경우 탈락을 걱정해야 하는 쪽도 스위스였기 때문이었다.

그러던 중, 다른 경기장에서 변화가 일었다는 소식이 들어왔다.

―아, 방금 연락이 들어왔습니다. 프랑스의 파트리크 비에이라가 선제골을 넣었네요.

중계진은 담담히 상황을 알렸다. 자국 방송을 통해 같은 내용을 들은 스위스 벤치는 작은 소란이 일어났고, 스위스의 감독은 초조함을 이기지 못하고 자리에서 일어나 선수들을 바라보며 고함을 질렀다. 좀 더 강하게 나가라는 이야기였다.

스위스 선수들의 표정이 나빠졌다. 감독이 손을 마구 휘젓는 걸 보고 상황을 이해한 탓이었다.

심리적인 압박을 느낀 스위스는 한층 더 강하게 나왔다. 롱패스와 양쪽 윙어의 침투에 이은 크로스로 골을 넣을 생각인 듯싶었다. 아마도 자신들이 가진 피지컬적 우위를 통해 골을 넣으려고 하는 것 같았다.

그런 상황이 이어지던 후반 25분. 베요네타의 크로스가 노진규의 헤딩으로 차단당했다.

대한민국은 순식간에 역습에 나섰다. 풀백으로부터 공을 받은 민혁은 20m 단독 질주로 수비수를 뚫어내곤 측면에 위치한 박지석의 앞으로 공을 밀었고, 박지석은 측면을 돌파하려다 수비에 막히자 곧바로 크로스를 날렸다.

그곳에 있던 박주혁은 헤딩으로 공을 떨어뜨렸다. 그러자마자 공을 받은 민혁이 원터치 후 강한 슛으로 골망을 흔들었지만, 심판은 선심을 힐끗 보고는 골이 아니라는 선언을 했다. 박주혁이 헤딩을 한 시점에서 오프사이드 반칙이 이루어졌다는 반응이었다.

한국을 응원하는 팬들과 중계진은 아우성쳤고, KBC와 별도로 중계를 하고 있는 NBC 중계진에선 논란의 여지를 남기는 멘트가 나왔다.

—저게 어떻게 오프사이든가요!

—이건 사깁니다! 사기!

대한민국에선 심판이 제정신이 아니라는 내용이 웹을 수놓았다. 방송국에선 느린 화면으로 그 장면을 몇 번이나 보여주었고, 그 장면에 흥분한 대한민국 네티즌들은 심판의 신상을 털겠다며 열을 올렸다. 앞에 세 명이나 되는 수비가 있음이 명백히 보이는데도 깃발을 올린 선심의 행동을 납득하지 못하겠단 분위기였다.

그건 현장에서 뛰는 선수들도 다르지 않았다.

"블래터 끗발 장난 아니네."

"더럽다 진짜."

그렇지 않아도 미묘한 편파 판정으로 짜증이 솟구치던 선수들이었다. 그러던 터에 이런 상황까지 터졌으니 폭발하지 않는 게 이상한 일이었다.

민혁은 심판에게 따지려던 선수들을 막아서며 입을 열었다.

"항의하지 마요. 그러다 카드만 받을 테니까."

민혁은 그들을 진정시켰다. 어차피 이대로 끝나도 우리가

16강에 진출하니 흥분할 것 없다는 말이 뒤를 이었고, 흥분했던 선수들은 그 말에 화를 가라앉히며 제자리로 돌아갔다.

물론 민혁도 기분이 좋지는 않았다. 골을 도둑맞은 셈이기 때문이었다.

하지만 그건 시작에 불과했다.

후반 33분.

대한민국의 중계진은 믿을 수 없다는 목소리로 입을 열었다.

—심판! 스위스의 PK를 선언합니다!

*   *   *

이 경기의 주심인 오라시오 엘리손도는 PK를 선언했다. 풀백 김서진이 스위스 공격수 알렉산더 프라이를 밀었다는 판정이었다.

물론 접촉이 없지는 않았다. 하지만 중심을 잃고 쓰러질 정도의 충격은 아니었음에도, 엘리손도는 주저 없이 페널티박스 가운데를 가리켜 대한민국 선수단과 중계진을 흥분시켰다.

—아… 이건 정말로 사깁니다. 프라이의 사기극에 심판이 동조하는 모양새예요.

—저도 동감이긴 합니다만, 저희는 중계진이니 중립을 지키는 게 좋겠습니다.

―…홍분해서 실수했습니다. 이 방송을 보시는 시청자 여러분, 죄송합니다.

홍분해 중계진의 본분을 잊었던 홍영욱 해설은 숨을 몇 차례 고르고 나서는 말을 이었다. 여전히 분개한 기색이 느껴지는 목소리였다.

―개인적으로 조금 전의 PK 선언은 잘못된 것 같습니다. 한국인이 아니더라도 방금 전의 장면이 올바른 판정인가에 대해선 의구심을 가질 수밖에 없지 않을까요?

―그렇습니다. 접촉이 있긴 했지만 넘어질 정도는 아니었죠.

―하지만 이미 선언된 PK가 번복되진 않을 것 같습니다. 이은재 골키퍼를 믿어야겠네요.

중계진은 초조해하며 PK의 결과를 기다렸다. 대한민국을 월드컵 4강으로 이끈 전설적인 골키퍼의 선방을 바라는 마음이었다.

하지만 그는 골을 내주고야 말았다.

―아… 스위스 선제골입니다. 알렉산더 프라이, 낮게 깔아 차는 슛으로 골망을 흔드네요.

―한국 어려워졌습니다. 반드시 한 골 이상이 필요해졌어요.

한국 측 중계진은 암울한 전망을 내보냈다. 심판진이 편파 판정 모드에 들어간 이상 아무리 잘해도 제대로 골을 넣을 기회가 찾아오긴 어렵지 않겠느냐는 판단이었다.

"괜찮아, 괜찮아. 아직 시간 남았어. 집중해, 집중!"

박지석은 계속해서 손뼉을 쳐 선수들의 사기를 북돋으려 노력했다. 추가시간을 감안하면 아직 15분 가까이 남았고, 그 시간이면 두 골 이상도 가능하다는 말이 뒤를 이어 나왔다.

하지만 그 말에 힘을 얻는 선수는 없었다. 아무리 시간이 많아도 심판진이 저래서야 희망을 갖기는 힘들었다.

그래도 사기가 아주 나쁘지는 않았다. 어처구니없이 골을 빼앗긴 것에 대한 분노가 좌절감을 뛰어넘고 있어서였다.

스위스는 눈에 불을 켠 한국과 맞상대를 하지 않으려 했다. 골을 잡아도 전방으로 보내기보다는 뒤로 돌렸다 앞으로 보내길 반복하며 시간을 끌려는 움직임만 보였다. 무리해서 공격을 나가다 역습을 얻어맞고 떨어질 것을 우려해, 이런 식으로 안정적인 플레이를 통해 승리를 챙기겠단 생각인 것 같았다.

대한민국의 선수들은 이까지 갈아가며 투지를 불태웠다. 볼을 돌리는 스위스를 압박해 공을 탈취해 역습을 노리려는 움직임이 잦았는데, 그때마다 심판이 기묘하게 길목을 막아 빠른 역습이 끊기는 경우가 많았다.

'심판 길막 진짜 장난 아니네.'

민혁은 짜증을 내며 드리블로 심판을 뚫었다. 체감상 12명을 상대로 싸우는 느낌이었다.

스위스 선수들은 민혁을 몸으로 밀었다. 심판이 자신들의 편이라는 확신을 얻어서인지 거친 플레이도 서슴지 않는 모습이었다.

민혁은 뒤꿈치로 공을 뒤로 보낸 후 공간으로 들어갔다. 다행히 공을 받은 설기영이 수비를 제치고 측면으로 들어간 덕분에 민혁은 자유를 얻을 수 있었고, 그것은 돌아온 패스를 받은 민혁이 가벼운 턴으로 수비를 따돌리고 슛을 할 수 있는 상황으로 이어졌다.

―설기영 선수 중앙으로 패스합니다. 공을 받은 윤민혁 선수, 파트리크 뮬러를 따돌립니다.

―요한 주루 미끄러집니다! 윤민혁 선수 이대로 전진해야…….

스위스의 최종 수비 라인에 섰던 요한 주루가 미끄러지자, 민혁은 지체 없이 슈팅을 날렸다. 좀 더 전진할 거라고 생각했던 골키퍼의 방심을 노린 일격이었다.

슛은 그대로 골망을 흔들었다.

―골! 대한민국의 동점골! 윤민혁 선수 중거리 포로 스위스의 골문을 열었습니다!

중계진은 흥분에 젖어 소리 질렀다. 방송 사고를 방불케 하는 고성이었다.

그와 반대로, 심판은 망연자실한 표정으로 휘슬을 떨궜다. 골을 선언하지도 못하는 모습이었다.

─대한민국의 스코어보드에 불이 들어옵니다! 1 대 1을 만들어내는 윤민혁 선수!

─스위스 벤치 동요합니다. 머리를 감싸 쥐는 야코브 감독. 지금 머리가 굉장히 복잡할 겁니다.

─이대로 끝나면 스위스는 탈락입니다. 복잡하겠죠.

그라운드는 기쁨과 좌절이 공존하고 있었다. 당연히 기뻐하는 쪽은 한국이었고, 좌절하는 쪽은 스위스였다.

"역시!"

"잘했어! 진짜 잘했어!"

선수들은 민혁에게 몰려들어 기쁨을 터뜨렸다. 그들은 민혁을 가볍게 툭툭 쳐 기쁨을 표현한 후 망연자실해하는 스위스 선수들과 심판진을 보고는 웃으며 돌아갔다. 16강 진출에 한 발 더 다가선 것보다 그들이 허탈해하는 모습을 보는 게 훨씬 기뻤다.

그러는 사이에 프랑스의 추가골 소식이 흘러들었다.

티에리 앙리의 득점으로 프랑스와 토고의 점수 차이가 2점으로 벌어졌단 이야기가 들려오자, 스위스 벤치는 적지 않은 혼란에 빠졌다. 이대로라면 반드시 추가골을 넣어야 올라갈 수 있기 때문이었다.

프랑스의 추가골 소식을 알린 중계진은 화면이 전환되며 비춰진 사람을 보고는 화제를 돌렸다.

─아… 블래터 회장 표정이 안 좋습니다. 기분이 아주 나빠

보입니다.

—이런 말을 해서는 안 되겠지만, 저 얼굴을 보니 저는 아주 기분이 좋아지네요.

—사실은 저도 그렇습니다. 아마 이 경기를 시청하시는 시청자 여러분도 그러시지 않을까…….

—십 년 묵은 체증이 확 내려가는 느낌을 다들 느끼고 계시지 않을까 싶네요.

해설진은 웃음꽃을 피운 채 이야기를 이어갔다. 편파 판정으로 이득을 보던 스위스가 당황하고 허탈해하는 모습이 기쁜 모양이었다.

한동안 질질 끌려다니던 스위스는 후반 40분을 넘어서자 마지막 힘을 끌어내 공격의 수위를 높였다. 어떻게든 골을 추가해 16강에 오르고 말겠다는 의지가 느껴지는 플레이였다.

하지만 한국의 수비도 만만치 않았다. 두 번째 골이 들어간 후 한동안 공을 돌리며 체력을 비축한 덕분에 스위스보다 체력적으로도 우위를 점하고 있었던 데다, 무승부를 거둬도 16강에 올라갈 수 있다는 사실 덕분에 심리적으로도 우위에 있었기 때문이었다.

주심인 엘리손도는 휘슬을 만지작거리면서도 정작 불지는 못했다. 대한민국의 압박이 높은 곳에서 계속 이어진 탓에, 프리킥을 선언해도 스위스에게 기회가 되기는커녕 정밀한 공격을 펼치는 데 어려움만 줄 거라는 생각이 들었던 탓이었다.

―후반전도 5분밖에 남지 않은 지금, 스위스의 압박이 점점 강해지고 있습니다. 필사적인 몸부림입니다.

―추가시간을 고려하면 10분 정도는 봐야 합니다. 우리 선수들 방심하지 말아야겠어요.

―어쩌면 추가시간이 15분 이상 나올지도 모르죠. 지금까지의 판정을 보면 충분히 나올 수 있는 일입니다.

―월드컵에도 퍼기 타임이 적용되나요?

―심판진이 그 정도까지 양심을 팔지는 않았으면 좋겠습니다. 제가 보기엔 추가시간은 길어도 3분을 넘으면 안 돼요. 그걸 넘어가면 말이 안 되는 겁니다.

그들이 불안한 전망을 내뱉는 사이, 한국 진영에서 돌던 공이 아래로 내려온 민혁에게 닿았다.

민혁은 중앙선 부근에서 공을 끌었다. 다소 의도적인 움직임이었다.

반드시 골을 넣어야 하는 스위스 선수들은 민혁을 향해 벌떼처럼 몰려들었다. 민혁이 공을 끄는 움직임을 보이자 공을 뺏을 기회라 여기게 된 것 같았다.

일부러 그들을 끌어들인 민혁은 순간적인 턴으로 세 명을 동시에 따돌리고는 전방으로 패스를 보냈다. 지난 경기에서 지네딘 지단이 보여줬던 것과 비슷한 방식의 플레이였다.

―윤민혁 선수의 패스, 전방에 있는 설기영 선수에게 이어

집니다!

―설기영 선수 돌파! 필립 데겐과 요한 포겔을 제치고 페널티박스로 들어갑니다! 슛!

―아, 파스칼 추버빌러 선방. 코너킥으로 이어집니다.

슛을 날렸던 설기영이 공을 받아 코너로 향했다. 하지만 플레이는 곧바로 이어지지 못했다. 그가 돌파하는 과정에서 몸싸움을 벌였던 스위스의 수비수가 발목을 잡고 쓰러져 있었기 때문이었다.

―어… 필립 데겐 선수 쓰러져 있어요. 부상입니다.

―지금 스위스가 시간을 끌 때가 아닌데요. 그렇다면 정말 큰 부상이란 뜻이겠죠?

―엘리손도 주심 쓰러진 데겐 선수에게 달려갑니다. 아, 들것을 들여보내라는 신호를 보내네요.

의료진은 들것을 가져와 쓰러진 선수를 싣고 경기장을 빠져나갔다.

상황이 정리된 건 심판이 쓰러진 선수를 발견한 지 1분 만의 일이었다.

―필립 데겐 나가고 뤼도빅 마냉 들어옵니다. 지난 토고전에선 선발로 뛰었던 선수죠.

―하지만 마냉 선수는 본래 레프트백인데요. 라이트백 위치에서 제대로 뛸지는 모르겠습니다.

―저희로서는 좋은 일 아닌가요?

―그렇긴 합니다. 저 위치에서 아마 힘들 거예요.

엘리손도는 뤼도빅 마냉이 들어온 후에야 코너킥을 지시했다.

코너킥은 허무하게 골라인을 벗어났다. 아드보카트는 못마땅한 표정으로 콧등을 긁었다. 뒤편으로 공을 보내 시간을 끌었다면 루즈 타임까지도 다 보낼 수 있으리란 생각이 들어서였다.

하지만 그 생각은 곧 사라져 버렸다. 대기심이 들어 올린 패널에 적힌 7이란 숫자 때문이었다.

―추가시간을 7분을 줍니다. 데겐 선수가 쓰러졌다고는 해도 바로 들것이 들어가서 오래 끌지는 않았는데 말이죠.

―이거 정말 너무하네요. 월드컵에서까지 퍼기 타임이라뇨.

―이번엔 블래터 타임이라고 해야겠죠. 어쨌든 정말 말도 안 되는 시간입니다. 심판진이 공정해야… 아, 조재인 선수 헤딩! 김동일 선수가 공을 받습니다!

―김동일 선수 측면으로 패스, 박지석 선수, 다시 김동일 선수, 왼쪽으로 이어진 공이 설기영 선수에게 이어집니다.

대한민국의 선수들은 빠른 공격을 포기하고 공을 돌렸다. 무려 7분이나 되는 추가시간을 줬다는 건 반드시 스위스가 골을 넣는 상황을 만들고 말겠다는 의지로 보였다. 그런 상황에서 굳이 위험을 감수하기보다는, 이런 식으로 공을 돌리며 시간을 끄는 게 최선이었다.

압박감이 강해진 스위스 선수들은 무리수를 두었다. 공을 잡은 선수를 손으로 끌거나 몸으로 부딪쳐 공을 빼앗으려는 시도가 늘었다. 전반전이었다면 충분히 카드가 나왔을 플레이지만, 엘리손도 주심은 그것을 보고서도 계속해서 플레이를 진행시켰다.

"축구 진짜 더럽게 하네."

민혁은 유니폼을 잡고 늘어지는 상대를 떨쳐낸 후 전방으로 달렸다.

예상치 못했던 민혁의 돌발 행동은 스위스 선수단을 당혹시켰다. 당연히 공을 돌릴 거라고 생각해 일대일 마크를 시도하고 있던 그들에게 있어, 월드 클래스에 근접한 수준의 드리블러가 달려드는 상황은 악몽과 같았다.

하지만 민혁은 페널티박스로 진입하지 않았다. 민혁의 목적은 스위스의 수비진을 자신에게 끌어모은 후 공을 돌려 시간을 잡아먹는 것이기 때문이었다.

민혁은 스위스 선수단을 몰고 다니다 뒤편으로 공을 돌렸다. 허탈해진 스위스 선수들은 체력과 정신력 모두가 바닥을 치는 걸 느꼈다.

그런 플레이가 몇 번이나 반복되자, 그들은 민혁에게 농락당하는 느낌마저 받고 있었다.

"Shit!"

스위스 선수들은 승리를 포기했다. 얼마나 끌려다녔는지

이제는 전력 질주를 할 힘도 남지 않았던 것이다.

그들의 표정을 읽은 엘리손도는 어쩔 수 없다는 얼굴로 경기 종료를 알리는 휘슬을 불었다.

한국의 16강 진출이 확정되는 순간이었다.

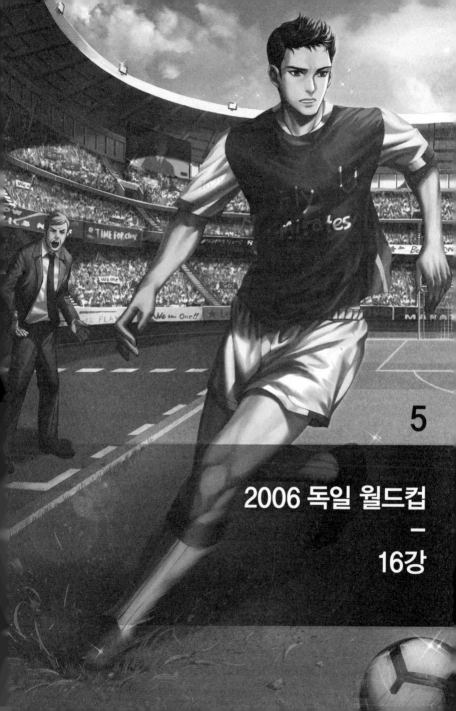

5

2006 독일 월드컵
–
16강

　민혁은 침대에 누워 핸드폰으로 기사를 확인했다. 간간이 매국노의 기운이 느껴지는 댓글도 있었지만, 대부분의 포털과 인터넷 사이트에선 16강에 진출한 대한민국 선수단에게 박수를 보내는 글이 많았다.

　하지만 그런 반응들보다 기뻤던 것은 16강 진출로 군면제가 확정되었다는 사실이었다.

　2006년인 지금은 월드컵 16강 진출로 인한 군면제가 보장되는 시기였기 때문이었다.

　민혁은 하늘을 날아갈 것 같은 기분을 느끼며 휘파람을 불었다.

회귀 전 군대에서 굴렀던 기억을 떠올리자 한층 더 격렬한 기쁨이 느껴졌다. 그 2년 동안의 기억이 회귀 전의 기간을 포함해 20년이 넘은 지금까지도 트라우마 비슷하게 남아 있던 탓이었다.

"내가 다시 12사단 근처로 가나 봐라."

민혁은 을지 부대 포병대대에서의 기억을 떠올리며 이를 갈았다. 이번 생에서는 다시 갈 일이 없는 곳이었으나, 기억을 떠올리자 악마 병장 조성훈의 모습이 머릿속에 그려져 이가 갈렸다.

이러다간 치아 건강 문제로 틀니를 고민해야 할지도 모른다는 걱정이 스며들 정도였다.

불쾌한 기억을 털어낸 민혁은 침대에서 일어나 식당으로 향했다.

"늦었네?"

"기사 좀 보느라고요."

늦은 아침을 먹고 있던 이현수는 고개를 끄덕이며 식사를 이어갔다.

"우리 상대 우크라이나죠?"

"응."

대한민국의 16강 상대는 H조 2위인 우크라이나였다. 본래는 스위스가 상대를 해야 할 팀이었지만, 대한민국이 스위스를 꺾고 G조 1위로 조별 예선을 통과한 덕분에 만나게 된 팀이었다.

"거기 셰브첸코 있던가?"

"네."

민혁은 언뜻 긴장감을 느끼며 고개를 끄덕였다.

비록 첼시에 가서는 역대 최고의 먹튀라는 소리를 듣게 되지만, 이 시기의 셰브첸코는 무결점 스트라이커라는 소리를 듣기에 부족함이 없었다.

발롱도르를 받았던 2004년에 비하면 약간 쇠퇴한 부분이 없지는 않았으나, 그래도 밀란의 주포로 활약하며 지난 시즌 리그에서만 19골을 넣은 선수였다.

대한민국으로서는 경계를 늦출 수 없는 선수라는 뜻이었다.

"셰브첸코 잘하겠지?"

"그야 잘하겠죠. 앙리하고 비슷한 평가를 들으니까요."

"앙리는 발롱도르 못 받았잖아."

"…그거야 표가 분산돼서죠. 실력만 보면 앙리가 좀 더 잘할 거예요."

이현수는 피식 웃었다.

아마도 팔은 안으로 굽는다는 속담을 생각하고 있는 것 같았다.

"같은 팀이라고 앙리 편을 드는 거지?"

"같은 팀 아니었어도 앙리 편을 들었을걸요."

"하긴. 잘하긴 진짜 잘하더라. 라울보다 잘하는 것 같던데?"

그는 프랑스전에서 만난 앙리를 떠올렸다. 그때 앙리가 선제골을 넣기도 했지만, 그 이후의 플레이도 감탄을 금할 수 없었다.

"응? 라울 만난 적 있어요?"

"나도 라리가에서 뛰었었거든?"

민혁은 가볍게 고개를 끄덕였다. 그러고 보니 2002 월드컵 이후 유럽에 진출했던 선수 중 하나가 눈앞의 이현수였다.

'니하트만 아니었어도 성공했을 텐데.'

니하트는 이현수의 데뷔골을 도둑질해 감으로써 그를 슬럼프에 몰아넣었던 터키의 스트라이커였다. 물론 이현수가 레알 소시에다드에서 망한 이유가 꼭 그 때문은 아니겠지만, 그 골이 이현수의 것으로 인정되었다면 적응이 좀 더 잘되었을 거란 아쉬움은 있었다.

"근데 넌 아무렇지도 않냐?"

"네?"

"셰브첸코를 이기면 한 방에 뜨는 거잖아."

"포지션이 다르잖아요. 게다가 이겨도 팀이 이기는 거지 제가 이기는 게 아니고요."

민혁은 음식을 접시 가득 퍼 와 그의 맞은편에 앉으며 말을 이었다.

"아무튼 셰브첸코가 상대라고 겁먹을 건 없어요. 앙리랑 지단이 있는 팀하고도 비겼는데요, 뭐."

"하긴, 셰브첸코 말고는 조심해야 할 선수도 없으니까."

"그건 너무 쉽게 보는 것 같은데요."

이현수는 어깨만 으쓱했다. 아무리 그래도 프랑스보다는 쉽지 않겠느냐고 말하고 있는 것 같았다.

하기야 프랑스보다는 우크라이나가 상대하기 편할 건 분명했다. 셰브첸코 외에도 아나톨리 티모슈크와 안드레이 보로닌, 막심 칼리니첸코 같은 선수들이 있긴 해도 프랑스의 슈퍼스타들에 비하기는 어려운 까닭이었다.

'하긴, 겁먹고 움츠러드는 것보단 낫지.'

민혁은 좋은 방향으로 생각을 정리하며 자리에 앉아 수저를 들었다.

*   *   *

2006년 6월 26일. 오후 8시 30분.

아드보카트는 선수들을 한 명씩 바라보았다.

16강 진출이라는 최소한의 목표는 이뤘지만 여기서 만족할 수는 없었다. 비교적 약체로 꼽히는 우크라이나를 상대로 만난 데다, 우크라이나보다 유리한 점도 있었기 때문이었다.

G조 1위를 차지한 대한민국은 베이스캠프를 차린 쾰른에서 16강전을 맞이하게 되었다.

이동의 피로를 느끼지 않게 되었다는 점에서 상당한 이득을 안고 시작하는 셈이었다.

"이번 경기만 이기면 8강이다."

아드보카트는 희미하게 웃고는, 2002 월드컵 4강 멤버들을 바라보며 말했다.

"8강으로 올라가서 히딩크 감독의 복수도 해야지."

거스 히딩크가 감독으로 있는 호주는 4시간 전에 열린 이탈리아와의 경기에서 1 대 0으로 탈락했다. 그것도 후반 추가 시간에 터진 페널티킥 실점으로 인한 탈락이라 아쉬움이 컸다.

그에게 운이 조금만 더 있었다면 이탈리아를 꺾고 8강에 진출했을 터였고, 그랬다면 대한민국이 이 경기에서 승리할 경우 4강 신화를 재현할 가능성도 높아질 터였기 때문이었다.

그 점에 새삼 아쉬움을 느끼던 아드보카트는 두어 차례 손뼉을 쳐 주의를 집중시킨 후 화제를 돌렸다. 우크라이나전에서 사용할 전술에 대해서였다.

"이번 경기의 핵심은 측면돌파다."

아드보카트는 4—3—3 전술을 택했다. 우크라이나가 3백과 4백 전술을 번갈아 사용하는 만큼, 이번 경기에선 3백 전술을 사용할 거라고 판단하고 있는 것 같았다.

일반적으로, 3백을 상대로 할 때 가장 효과적인 전술로 꼽히는 게 4—3—3이었다. 물론 4—5—1이 아닌 4—3—3이니만큼 미드필더 지역에서는 수적 열세를 느낄 가능성이 있지만, 그 부분은 민혁과 박지석의 개인 능력에 맡겨 돌파하겠다는 게 아드보카트의 생각이었다.

그의 예상은 경기에서 증명되었다.

우크라이나는 세 명의 센터백을 두는 3—5—2 전술을 들고 나왔다. 미드필더진의 수 싸움에서 이겨 투톱인 보로닌과 셰브첸코의 공격력에 힘을 실어주겠다는 계산인 것 같았다.

"할 만하겠는데?"

"방심만 안 하면요."

"셰브첸코를 상대로 방심하면 안 되지."

박지석과 이야기를 나눈 민혁은 자리로 들어갔고, 선수들이 자리를 잡은 걸 확인한 심판의 휘슬로 경기가 시작되었다.

*　　　*　　　*

결론부터 말하면, 아드보카트의 전술은 실패했다.

우크라이나가 취한 포메이션은 아드보카트가 예상한 그대로였으나, 그들이 사용하는 전술은 대한민국의 코치진이 짐작하고 대비했던 것과 전혀 달랐다.

아드보카트는 그들이 중원에서의 숏패스를 통해 경기를 풀어나갈 거라고 생각했다.

하지만 우크라이나는 중원에서의 수적 우위로 볼을 탈취한 후엔 즉각적인 롱패스로 셰브첸코와 보로닌의 침투를 노렸다. 대한민국이 압박을 나올 걸 예상하고 역으로 이용하는 전술이었다.

혼란스러워하던 대한민국의 수비진은 10여 분이 지난 후에야 그들의 전술에 익숙해졌다. 하지만 그런 기미가 보이자마자 우크라이나의 전술이 숏패스 위주로 변경되었고, 대한민국의 수비진이 압박을 하러 나오면 공을 뒤로 돌렸다가 롱패스로 침투를 노리는 원래의 방식으로 되돌아갔다. 상대하는 입장에서는 어느 장단에 맞춰야 할지 모를 정도로 빠르게 시도되는 변화였다.

그로 인해 수비진이 혼란에 빠져 버린 전반 22분.

보로닌의 패스를 받은 셰브첸코가 낮은 숏으로 골망을 흔들었다.

—아… 대한민국 실점합니다. 셰브첸코에게 선제골을 내주는군요.

중계진은 탄식을 터뜨렸다. 무결점 스트라이커라는 별명에 걸맞는 완벽한 움직임과 슈팅이었다.

"앙리보다 잘하는데?"

"아니라니까요."

민혁은 살짝 짜증이 섞인 목소리로 답하곤 셰브첸코를 바라보았다.

말은 그렇게 했지만 다시 생각해도 감탄이 나올 만큼 깔끔한 동작이었다.

길게 들어온 롱패스와 한 번의 터치로 이어진 낮은 크로스. 그리고 그걸 받자마자 몸을 반 바퀴 돌려 수비수의 압박을 벗어나 박스 안으로 침투한 장면 모두가 감탄이 나올 만한 플레이였다. 과연 16강에 올라온 팀이란 생각이 들게 하는 장면이었다.

하지만 대한민국도 16강에 진출한 팀이었다.

몇 번의 공방이 이어진 후, 한국에도 기회가 찾아들었다. 김동일의 패스를 받은 박지석이 우크라이나 풀백 네스마시니의 방어를 뚫고 측면으로 침투했고, 이어 들어온 바슈크의 커버까지 제쳐낸 후 민혁에게 컷 백 패스를 건넨 것이다.

'받은 건 그대로 갚아줘야지.'

민혁은 셰브첸코가 보여준 플레이와 동일한 동작으로 수비수의 압박을 벗겨내며 박스로 침투했다. 우크라이나의 선수들을 당황하게 만드는 플레이였다.

하지만 마무리는 그와 달랐다.

페널티박스 안으로 들어오자마자 슛을 날렸던 셰브첸코와 달리, 민혁은 페널티스폿 바로 앞까지 공을 몰고 들어간 후 로빙슛으로 골키퍼를 넘겨 골문을 흔들었다. 전성기의 리오넬 메시가 보여주던 것과 비슷한 방식의 플레이였다.

중계진은 환호했다.

―골입니다! 대한민국의 윤민혁 선수! 환상적인 로빙슛으로 득점에 성공합니다!

―우크라이나 선수들 완전히 기가 질린 표정이에요. 하기야 저런 걸 봤으니 힘이 날 리 없겠죠.

대한민국의 선수들은 민혁에게 몰려와 기쁨을 표현했다. 그야말로 월드 클래스라는 말밖에 할 수 없을 만큼 완벽한 플레이였던지라, 그들의 얼굴엔 기쁨 외에도 놀라움이 떠올라 있었다.

"야, 방금 그거 어떻게 한 거야?"

"잘요."

"뭐?"

"어쨌든 넣었으면 됐죠."

대답을 듣고 웃은 박지석과 김서진은 민혁의 머리를 가볍게 툭툭 친 후 자리로 돌아갔다.

그들이 기쁨을 나누고 있을 때, 관중석에서도 방금 전의 플레이에 주목하는 사람이 있었다.

"대한민국 17번⋯ 아스날의 윤이라는 선수였나?"

"맞습니다."

"제법 괜찮아 보이는군."

스포츠머리를 한 백발의 남자가 선글라스를 벗어 들며 말했다. 지난달 영입한 셰브첸코의 활약을 보러 온 첼시의 구단주 로만 아브라모비치였다.

"영입을 한번 고려해 보지?"

"그건 상관없습니다만, 아마 무리뉴 감독이 싫어할 겁니다."

"왜지? 동양인이라서?"

"그건 아니고… 예전에 두 사람 사이에 뭔가 트러블이 있었던 것 같습니다. 건방진 동양인 꼬마 운운했던 기억이 있는데……."

로만의 옆에 있던 남자는 기억을 더듬으며 중얼거렸다. 몇 년 전의 일이라 가물가물하지만, 그때 말하던 동양인 꼬마가 민혁임은 분명했다.

당시 아스날에 있던 동양인은 민혁밖에 없었기 때문이었다.

그러는 사이 재개된 경기는 박빙으로 흘러갔다. 양쪽 모두 한 골씩을 주고받은 상황이라 사기가 어느 정도 올라 있었고, 양 팀 모두 에이스인 셰브첸코와 박지석에게 공을 몰아주는 식으로 플레이를 진행했다. 그들에 대한 절대적인 믿음을 확인할 수 있는 장면이었다.

그 팽팽한 흐름은 경기가 40분을 넘어갈 무렵 반전을 맞았다. 박지석과 2 대 1 패스 플레이로 페널티박스에 침투한 민혁이 올레흐 후세프의 태클에 넘어지면서 PK가 선언되었기 때문이었다.

관중석에 있던 로만 아브라모비치는 흥미롭다는 표정으로 입을 열었다.

"경기 재밌겠는데?"

*　　　　*　　　　*

키커로 나온 안정훈은 골을 성공시켰다. 대한민국의 역전골이었다.

"예!"

아드보카트는 주먹을 움켜쥐고 환호성을 터뜨렸다. 처음엔 16강에만 들어도 성공이라고 생각했던 그였지만, 셰브첸코가 있는 우크라이나를 상대로 우위를 점하자 점점 욕심이 스며들고 있는 것 같았다.

셰브첸코는 독이 오른 표정으로 경기장을 질주했다. 발롱도르 수상자인 자신이 있는 팀이 발롱도르 포디움(최종 3인 목록)에 든 선수도 없는 대한민국에게 밀리고 있음을 납득하지 못하고 있는 것 같았다.

"민혁아! 여기!"

민혁은 박지석과 안정훈, 그리고 이현수와 공을 돌리며 우크라이나의 골문을 노렸다.

다들 기술에 자신이 있는 선수들이어서인지 우크라이나의 수비수들을 두세 명씩 끌고 다니다 공을 넘겼고, 공을 받은 선수는 비어 있는 공간으로 뛰어 들어가 우크라이나를 긴장시켰다. 골은 나지 않았지만 대한민국이 우위를 점하고 있음을 보여주는 모습들이었다.

─대한민국 선수들, 우크라이나를 몰아붙입니다. 이때 골이 나와줘야 하는데 말이죠.

─그렇습니다. 우위를 점하고 있을 때 넣어주는 한 골. 그게 바로 승부를 결정짓는 요소죠.

─2 대 1과 3 대 1은 또 다르지 않습니까? 전반전에 한 골을 더… 아, 심판이 휘슬을 붑니다. 전반전 종료입니다.

"잘했다."

아드보카트는 흐뭇한 표정으로 선수들을 치하했다. 8강이 성큼 다가와 있는 느낌이었다. 전반전 막판에 보인 모습을 후반전에도 이어간다면 대량 득점을 통한 승리도 기대해 볼 수 있을 것 같았다.

"후반에도 이대로 간다. 하지만 수비를 허술하게 하지는 마라."

"네!"

선수단의 사기도 꽤나 높았다. 2002년 한일 월드컵에서 기록한 4강의 위업을 재현할지도 모른다는 생각을 하고 있는 듯했다.

하기야 아주 불가능한 일도 아니었다.

이번 경기를 포함해 두 경기만 이기면 월드컵 4강 진출이었다. 거기에 이 경기는 우위를 점하고 있었고, 다음 상대가 될지도 모르는 이탈리아는 지난 월드컵에서 2 대 1로 이겨본 팀이기 때문이었다.

약간의 흥분과 기대감에 사로잡힌 대한민국 선수단은 상기된 얼굴로 경기장에 들어섰다. 남은 45분을 잘 버티기만 하면 8강이었다.

"방심하지 마! 정신 단단히 차리고!"

주장 이은재와 에이스 박지석이 선수들을 독려했다. 지난 대회에서 4강에 진출했던 선수들이기 때문인지, 그들은 이런 상황에서도 거의 흥분을 하지 않고 있었다.

살짝 흥분하고 있던 민혁은 그들의 말을 듣고는 숨을 크게 쉬어 긴장을 몰아냈다. 남은 45분 동안 무슨 일이 일어날지 모른다고 생각하자 정신이 번쩍 드는 기분이었다.

잠시 후, 후반전 시작을 알리는 휘슬이 울렸다.

'무슨 놈의 압박이……'

우크라이나 선수들은 강하게 밀어붙이는 대한민국 선수들의 플레이에 당혹감을 느꼈다. 이기고 있으면 슬슬 숨을 돌려도 될 텐데, 박지석을 비롯한 공격진조차 강하게 달라붙어 공을 탈취하려 하고 있음에 혼이 나갈 지경이었다.

그것은 중계진의 멘트를 통해서도 알 수 있었다.

─대한민국 선수들, 후반 70분이 넘어가는 시점에도 투지를 불사르고 있습니다.

―그래도 슬슬 교체가 필요한 타이밍입니다. 박지석 선수
너무 많이 뛰었어요. 지금까지 한 번도 교체 없이 풀타임 출
장을 하지 않았습니까?

―그렇습니다. 물론 박지석 선수가 대한민국에 꼭 필요한
선수긴 하지만, 다음 8강전을 생각하면 이제 교체를 해줘야
죠. 체력 문제도 생각해야 합니다.

중계진의 걱정을 느끼기라도 했는지, 아드보카트는 안정훈
과 박지석을 불러들이고 정영호와 박주혁을 내보냈다. 힘이
넘치는 공격수를 교체 투입 해 스코어 차이를 더 벌리길 기대
하고 있는 것 같았다.

―아드보카트 감독이 정영호 선수와 박주혁 선수를 들여보
냈습니다.

―이건 추가골을 넣어 추격의 고삐를 완전히 끊어버리겠다
는 거죠. 상당히 공격적인 교체입니다.

―박주혁 선수는 안정훈 선수의 자리에, 정영호 선수는 박
지석 선수의 자리에 들어가겠죠?

―과연 교체된 두 선수가 어떤 플레이를 보일지 기대하시는
팬분들이 많을 텐데요. 특히 박주혁 선수는 K리그의 자랑 아
닙니까? 이번 경기에서 좋은 활약을 보여 유럽 진출에 성공했
으면 하는 바람입니다.

중계진은 희망에 넘치는 이야기를 꺼냈다. 기세를 탄 김에
확실히 몰아붙여 확실한 승리를 따냈으면 좋겠다는 바람이

담겨 있는 목소리였다.

하지만 그들의 바람은 이뤄지지 않았다.

후반 38분, 측면을 따라 드리블 돌파를 하던 칼리니첸코의 크로스가 골문으로 들어왔고, 그것을 쳐내려던 박주혁이 미끄러지면서 자책골을 기록했다. 대한민국에 찬물을 끼얹는 사고였다.

"저 먹튀 자식이……"

민혁은 주먹을 쥔 채 부르르 떨었다. 이 마당에 자책골이 웬 말이란 말인가?

경기를 중계하던 KBC 중계진은 한참이나 말문을 열지 못하다, 20초가량이 지나서야 떨리는 목소리로 입을 열었다.

─아… 이게 뭔가요.

─박주혁 선수 자책골을 기록합니다. 이건 큽니다.

─아쉽습니다. 하지만 아직 추가시간까지 10분가량 남았습니다. 우리 선수들, 박주혁 선수에게 잘못을 묻기보다는 열심히 뛰어서 추가골을 넣어주면 좋겠습니다.

─한 번 실수는 병가지상사라고 하지 않습니까? 박주혁 선수가 빨리 훌훌 털고 일어나서 이번 실수를 만회해 주기를 바라야죠.

─동감입니다. 젊은 선수가 할 수 있는 실수니까요.

중계진은 열심히 박주혁의 실드를 쳤다.

어디서 받아먹은 게 있는 건 아닌가 하는 의심이 드는 멘트들이었다.

"Shit! Bull Shit!"

아드보카트는 흥분한 나머지 마구 욕설을 뱉었다. 마음 같아서는 당장 박주혁을 빼버리고 싶지만 그럴 수도 없었다. 만약을 대비한 교체 자원도 남겨둬야 했던 데다가, 박주혁은 축구협회의 높은 분들이 잘 봐달라고 말한 선수였기 때문이었다.

우크라이나 선수들은 환호하며 하이 파이브를 터뜨린 후 자리로 돌아갔다. 흐름이 자신들에게 넘어왔다 느껴서였다.

"이긴다! 이길 수 있어!"

셰브첸코는 환희에 찬 표정으로 고함을 질렀다. 대한민국의 에이스가 나간 지금이라면 자신들에게 넘어온 흐름을 타고 추가골을 넣을 수 있다 생각하고 있는 것 같았다.

그들의 표정을 본 민혁은 발끈하며 이를 갈았다. 아무리 그래도 다 이긴 것 같은 표정을 짓고 있는 게 마음에 들 리 없었다.

"형들."

"왜?"

"공 좀 몰아줘요."

민혁의 눈에 독기가 번뜩였다. 저들의 얼굴에 좌절감을 심어주고 말겠다는 각오였다.

"너 안 지쳤어?"

"아직 괜찮아요."

민혁은 숨을 크게 들이쉬고는 상대의 골문을 바라보았다. 어떻게든 저기에 공을 욱여넣고 말겠다는 생각을 하자 투지가 불타는 느낌이었다.

우크라이나는 거센 압박으로 대한민국 선수들을 몰아붙였다. 기세가 오른 김에 추가골을 넣겠다는 생각이 보이는 플레이였다.

압박을 이기지 못한 선수들은 계속 공을 뒤로 돌렸다. 답답해진 민혁은 3선까지 내려가 패스를 요구했고, 이은재에게서 이어진 패스를 받자마자 몸을 돌려 전방으로 질주했다. 아주 빠르다고는 할 수 없는 민혁이었지만, 워낙 드리블이 정교한 덕분에 우크라이나의 선수들을 제치고 전방 깊은 곳까지 침투할 수 있었다.

하지만 우크라이나의 선수들도 허수아비는 아니었다. 깊숙이 파고드는 것까지 막지는 못했어도, 슛을 할 만한 각도는 내주지 않기 위해 민혁을 코너로 몰아넣는 것에는 성공한 것이다.

"윽."

"민혁아! 여기!"

민혁은 고개도 돌리지 않은 채 힐킥으로 공을 넘겼다. 공을 받은 김서진은 본인이 직접 중앙으로 돌파해 슛을 날렸지만, 공은 우크라이나의 골키퍼 쇼우코우스키의 정면으로 날아갔다. 워낙 급하게 때린 탓에 방향이 제대로 잡히지 않았던 것이었다.

쇼우코우스키는 지체 없이 전방으로 공을 날렸다.

공격을 위해 전진했던 대한민국은 후방을 텅 비워놓은 상태였다. 셰브첸코와 보로닌의 질주를 막을 방법이 없다는 뜻이었다.

위기의 대한민국을 구해낸 것은 이은재의 선방이었다.

─이은재 선수 선방! 놀라운 판단력으로 대한민국을 구해냅니다!

셰브첸코는 포효하는 이은재를 보고는 고개를 저었다. 감독으로부터 2002년 야신상 후보에 올랐던 골키퍼란 소리는 들었지만, 저렇게 살이 오른 몸으로 이런 선방을 보이리라고는 상상도 못 했기 때문이었다.

스로인으로부터 이어진 우크라이나의 공격은 허무하게 막혔다.

─김서진 선수 볼 빼앗았습니다. 중앙으로 패스. 중앙으로 내려온 윤민혁 선수가 받아 이현수 선수에게 공을 연결해 줍니다.

─이현수 선수 빨라요. 체력이 다 소모되었을 텐데 최선을 다하는 아름다운 모습입니다.

─하지만 결국 골을 넣어야 이기는 거 아니겠습니까? 이제 시간이 얼마 남지 않았어요.

―박주혁 선수의 자책골이 정말 아쉬워지는 순간입니다.

경기는 이제 추가시간으로 접어들었다.

우크라이나는 무리하지 않았다. 이대로 후반을 끝내고 연장전에 들어갈 속셈인 것 같았다.

―심판 휘슬 붑니다. 후반전 종료. 이제 경기는 연장전으로 돌입하겠습니다.

선수들은 지친 표정으로 벤치로 향했다.

특히 막판에 들어간 자책골이 타격이 컸다. 한참 신을 내는 도중엔 힘든 줄도 몰랐지만, 박주혁의 자책골로 동점이 되자 당겨썼던 체력이 피로라는 이자를 요구하고 있었기 때문이었다.

"괜찮다. 아직 기회는 있어."

아드보카트는 선수들을 독려했다. 하지만 박주혁 쪽으로는 눈길도 주지 않는 걸로 볼 때, 그 역시 자책골로 인한 심적 타격이 컸던 모양이었다.

'본프레레가 사람은 잘 보는군.'

하기야 감독 본프레레는 엉망이지만 전력 분석관 본프레레는 분명한 일류였다. 선수를 보는 눈만큼은 아르센 벵거나 알렉스 퍼거슨 못지않을 수도 있다는 이야기였다.

잠깐 그런 생각을 했던 아드보카트는 고개를 홰홰 저어 잡생각을 몰아내고는 선수들에게 지시를 내렸다. 연장전에서 모험 수를 던져볼 생각이었다.

연장이 시작되자, 경기를 중계하던 KBC 중계진은 당혹감이 섞인 목소리로 말했다.

—아, 박주혁 선수가 빠지고 윤민혁 선수가 원톱으로 올라섭니다. 그 자리는 센터백 조영철 선수가 채우는군요.

—미드필더를 놔두고 조영철 선수를 투입한다는 건 수비를 강화하겠다는 이야기겠죠. 아마 윤민혁 선수와 이현수 선수의 개인 능력에 모든 걸 맡기겠단 이야기 같습니다.

—과연 이 결정이 어떤 결과를 낳을지 궁금해집니다. 30분 후엔 모든 국민 여러분이 웃었으면 좋겠습니다.

—우크라이나에 돈을 거신 분들은 울지 않을까요?

중계진의 말대로, 매국 베팅의 결과는 좋지 않았다. 연장 전반 14분에 터진 민혁의 골 때문이었다.

"예쓰! 예! 우워어어어어!"

아드보카트는 주먹을 마구 휘두르며 환호했다. 그 과정에서 수석 코치 핌 베어벡이 얼굴을 맞고 쓰러지는 사고가 있었으나, 아드보카트는 그것조차도 눈치채지 못한 채 환호하며 날뛰었다. 자신의 화려한 부활을 알리는 득점에 열광하다 못해 정신이 나간 것 같은 모습이었다.

그 골은 우크라이나 선수들의 힘을 앗아가 버렸다. 양 팀 모두 체력이 바닥난 지금, 추격의 의지를 잃었다는 건 이 경기의 결과가 정해졌다는 뜻이나 다름없었다.

"재미있군."

로만 아브라모비치는 선글라스를 다시 쓰며 입을 열었다. 민혁이 보여준 침투와 낮은 슈팅에 구미가 당긴 모양이었다.

　그는 옆에 선 남자를 바라보며 말했다.

　"아스날에 오퍼 한번 넣어봐."

6

2006-07 시즌

대한민국의 월드컵 도전은 8강에서 끝났다.

우크라이나를 꺾고 올라간 대한민국은 호주를 꺾고 올라온 이탈리아를 상대로 분전했지만 2 대 0이라는 스코어로 승리를 내줬다. 이탈리아로서는 2002년 한일 월드컵 16강전에서 겪은 2 대 1 패배를 설욕하는 경기였다.

그 경기에서 승리한 이탈리아는 4강에서 독일을, 그리고 결승전에서는 프랑스를 격파해 우승컵을 손에 넣었다. 민혁이 회귀하기 전과 동일한 흐름이었다.

그 과정에서 마테라치와 지단의 분쟁이 생겼고, 분을 이기지 못한 지단이 마테라치를 머리로 가격해 퇴장을 당한 사건이 발생하는 일도 있었다. 그것 역시 민혁이 회귀하기 전과 같은 현상이었다.

월드컵을 마치고 런던으로 돌아온 민혁은 오랜만에 벵거의 호출을 받았다. 런던에 오자마자 첼시의 오퍼와 관계된 미팅을 한 지 거의 한 달 만의 일이었다.

벵거는 민혁에게 정보를 제공하는 의문의 스카우터가 보인 안목에 신뢰를 느끼고 있었다. 지난 시즌에 영입한 선수들에 대한 평가에 확신을 가지기는 아직 어려웠지만 그렇게 될 기미는 보이고 있었고, 거기에 민혁이 레예스가 향수병으로 고생할 거라고 말했던 사실이 있음을 은퇴한 선수들을 통해 들었기 때문이었다.

"왔구나."

"네."

민혁은 살짝 긴장한 상태였다. 벵거가 자신을 부른 이유를 듣지 못해서였다.

"앉거라."

벵거는 빈 의자를 가리킨 후, 몇 장의 서류를 들고 민혁이 앉은 소파의 앞으로 향했다. 민혁은 그 서류를 힐끗 보고서야 긴장을 지울 수 있었는데, 아마도 이적과 관련된 일일 거란 생각이 든 게 원인이었다.

"그래, 아직 그 스카우터와 교류하고 있나?"

"스카우터… 아, 네. 하고 있어요."

민혁은 약 일 년 전의 기억을 떠올렸다. 2005—06 시즌에 이적해 올 선수들의 명단을 보여주며 평가를 해달라고 했었던 기억이 머릿속에 그려지고 있었다.

"그 스카우터에게 확인을 받고 싶은 게 있어서 불렀다."

벵거는 들고 온 서류를 테이블에 놓고 말을 이었다.

"레예스가 이적을 요청했다. 워낙 급작스러운 일이라 레알과 급하게 교섭을 진행했는데, 레알에서는 줄리우 밥티스타와의 맞임대를 제의하더구나."

"엑."

민혁은 자기도 모르게 목 졸리는 소리를 내었다. 밥티스타라면 로마의 충신이자 세리에 4대 먹튀인 콰, 밥, 만, 훈의 일원으로 유명한 선수였기 때문이었다.

물론 아스날에 와서도 별다른 활약을 보이진 못했다. 리버풀과의 칼링 컵 경기에서 4골을 넣는 괴력을 보이긴 했지만 그게 다였고, 리그에선 단 10경기도 출전하지 못하고 레알로 돌아갔다가 AS 로마로 이적해 수많은 로마 팬들과 프란체스코 토티의 목덜미를 잡게 했을 뿐이었다.

'맞다. 레예스랑 맞임대됐던 게 밥티스타지?'

하지만 밥티스타의 임대엔 찬성할 수 없었다. 야수 같은 피지컬과 좋은 골감각을 가지고 있는 밥티스타지만 아스날의 전술엔 절대로 맞지 않았다. 침팬지에게 배운 게 아닐까 싶을 정도의 퍼스트 터치를 가진 선수가 아스날의 원톱에 있는 건 상상할 수 있는 범위 내에선 최악의 참사였다.

"그, 그건 별로 안 좋은 생각 같은데요. 밥티스타는 알무니아보다도 퍼스트 터치가 나쁘다고 들었거든요. 그런 선수가 들어왔다간 패스 다 끊기고 공격권만 넘어갈걸요."

뱅거는 오른손에 턱을 괴며 레알에서 날아온 공문을 바라보았다.

"하지만 레알에서는 맞임대를 원하고 있다. 갈락티코에 쓴 돈이 어마어마해서 새로 돈을 쓸 생각이 없는 모양이야."

"저, 혹시 레알 마드리드 선수단 목록 가지고 계세요?"

뱅거는 고개를 갸웃하다 서류를 꺼냈다. 레알 마드리드의 선수단이 적혀 있는 페이지였다.

그 페이지를 바라보던 민혁은 시선을 끄는 이름을 발견하고는 눈을 빛냈다.

'웅? 디에고 로페스?'

민혁은 그의 생년월일을 확인해 보았다.

서류에 적힌 건 1981년 11월 3일.

2013—14시즌에 카시야스를 밀어내고 레알 마드리드의 주전을 차지했던 그가 맞았다.

"밥티스타 말고 이 선수를 달라고 하시죠?"

"…디에고 로페스?"

"우리 팀 중앙 공격수는 넘치잖아요. 앙리도 있고 아데바요르도 있고 반 페르시… 는 부상이구나."

민혁은 훈련 중 무릎을 붙잡고 드러누워 버린 반 페르시를 떠올리며 쓴웃음을 물었다. 시즌 반 페르시라는 별명이 새삼스레 떠오른 탓이었다.

그는 웃음을 지우고 벵거를 바라보며 말했다.

"아무튼… 알무니아에겐 좀 미안한데, 알무니아랑 로페스는 급이 달라요. 솔직히 지금 레만보다 로페스가 더 잘할 것 같던… 같다던데요?"

민혁은 가상의 스카우터에게 들은 내용을 말하는 것처럼 이야기했다. 자신의 판단이라 말하면 벵거가 미심쩍어할 것 같아서였다.

하지만 줄리우 밥티스타보다는 디에고 로페스가 좋은 선수인 건 분명했기에 거리낌은 없었다. 디에고 로페스가 제대로 적응을 못 하고 망해 버릴 가능성도 있지만, 어차피 밥티스타가 아스날에 오더라도 망할 게 분명하다는 점도 거리낌을 지워주는 요인이었다.

디에고 로페스는 운이 없는 선수였다. 유럽 빅리그 빅클럽의 주전이 될 능력은 충분했지만, 하필이면 경쟁자가 같은 나이의 카시야스라는 사실이 문제였다.

프로 생활 초기, 그는 이케르 카시야스의 백업으로 레알 마드리드에서 지내다 비야레알로 이적했고, 이적한 첫 시즌 두 개의 컵 대회에서 보인 활약으로 세바스티안 비에라를 밀어내고 비야레알의 주전이 되었다. 이적 첫 시즌에 이뤄낸 성과였다.

그가 주전을 차지한 비야레알은 꾸준히 리그 상위권에 머물렀다. 2007-08 시즌 바르셀로나를 10점 차로 따돌리고 준우승을 차지하기도 했고, 챔피언스리그에 진출해 8강에 오르는 등의 기염을 터뜨리기도 했던 것이다.

그랬던 비야레알은 감독인 마누엘 펠레그리니가 팀을 떠나면서 시작된 암흑기를 이기지 못하고 강등되었다. 하지만 능력을 인정받은 디에고 로페스는 세비야로 이적해 안드레아스 팔롭과의 경쟁에서 승리를 거뒀으며, 그곳에서의 활약을 바탕으로 레알 마드리드로 복귀했으나 카시야스의 정치질에 밀려서 AC 밀란으로 팔려 간 비운의 골키퍼였다.

다시 말해, 지금의 디에고 로페스는 카시야스 못지않은 실력을 가졌음에도 운이 없어 기회를 잡지 못한 골키퍼란 뜻이었다.

"어차피 레예스랑 맞교환하는 것도 아니고 맞임대잖아요. 한 시즌 컵에서 써보다가 못하면 이적을 취소하면 되죠."

"그건 밥티스타도 마찬가지 아닌가?"

"밥티스타는 진짜 아니라고 보는데요……."

벵거는 민혁의 표정을 살피곤 입을 열었다.

"알았다. 참고해 보마."

벵거는 나가도 좋다는 제스처를 보였다. 민혁은 자리에서 일어나 머리를 꾸벅 숙여 인사하고는 사무실을 떠났다.

민혁이 떠난 후, 한참 동안이나 생각에 잠겨 있던 그는 핸드폰을 꺼내고 번호를 눌렀다.

　―네, 딕슨입니다.

　"스카우트 팀 스티브를 불러주세요."

　―알겠습니다.

　스티브 로울리는 10분 만에 나타났다. 마침 이적 후보군을 분류하는 작업을 하느라 구단에 있었던 덕분이었다.

　그가 사무실로 들어오자, 벵거는 그에게 의자를 권하며 입을 열었다.

　"레알 마드리드에 가서 확인을 좀 해줬으면 할 게 있습니다."

　벵거는 스티브 로울리에게 두 사람의 프로필이 적힌 서류를 건넸다.

　"줄리우 밥티스타와 디에고 로페스. 특히 로페스 쪽을 자세히 살펴주세요."

　"디에고 로페스… 레알의 백업 키퍼던가요?"

　"네."

　스티브 로울리는 고개를 끄덕이며 말했다.

　"그렇지 않아도 한번 눈여겨볼 만한 골키퍼였습니다. 비야레알과 포르투에서 접촉하고 있다는 소문도 있고요."

　"레만의 대체자가 될 수 있다고 봅니까?"

　"언어 문제만 없다면 가능할 겁니다."

　그는 디에고 로페스에 대해 호의적인 반응을 보였다. 그렇지 않아도 레만의 대체자를 구하기 위해 유럽 전역에 스카우터를 보내고 자료를 받아 검토를 해왔던 그였다. 디에고 로페스 역시 그 명단에 들어 있었고, 때문에 로울리는 디에고 로페스가 괜찮은 골키퍼임을 이미 알고 있었다.

고개를 끄덕인 벵거가 입을 열었다.

"최대한 빨리 자료를 모아주세요. 플레이 영상이 있으면 좋겠군요."

"알겠습니다. 일주일 내로 보내 드리죠."

대답을 마친 스티브 로울리는 서류를 들고 그곳을 떠났다.

*   *   *

2006―07 시즌이 진행 중이던 2006년 8월의 마지막 날. 아스날과 레알 마드리드 사이에서 안토니오 레예스와 디에고 로페스의 맞임대가 이루어졌다.

디에고 로페스의 이적은 아스날이 민혁이 회귀하기 전과 완전히 다른 팀이 되었음을 의미하는 사건이었다. 민혁이 플레이에 참여했을 때만 상황이 달라졌던 지금까지와는 달리, 이제는 한 경기, 한 경기 모두가 달라진단 이야기가 되기 때문이었다.

아스날의 스쿼드 변화는 그것만이 아니었다. 체코와 분데스리가의 천재 미드필더인 토마시 로시츠키가 1,000만 유로에 아스날로 이적해 왔고, 윌리엄 갈라스는 첼시로 튀어버린 애슐리 콜과 교환되는 형식으로 아스날에 입성했다.

거기에 작년 임대생으로 들어왔던 알렉스 송도 아스날에 완전 이적했다. 2군에서의 활약이 벵거의 구미에 맞았던 모양이었다.

떠난 선수는 그보다 많았다.

디에고 로페스와 교환된 안토니오 레예스와 첼시로 튀어버린 애슐리 콜, 그리고 비야레알로 이적해 버린 로베르 피레스와 솔 캠벨의 이적은 아스날에 큰 타격을 남겼다. 나이가 들어 은퇴한 베르캄프야 어쩔 수 없지만, 애슐리 콜과 솔 캠벨의 이적은 수비진 붕괴를 걱정해야 할 일이기 때문이었다.

그나마 갈라스가 스왑의 형식으로 아스날에 오면서 솔 캠벨의 빈자리는 채울 수 있었지만, 프리미어리그 최고의 풀백이던 애슐리 콜의 빈자리는 너무도 컸다.

"클리시가 잘 채워주길 바라야죠."

"글쎄… 그게 쉽진 않을 것 같은데."

민혁과 앙리는 걱정스러운 표정으로 이야기를 나눴다. 이런 일이 일어날 걸 알고 있던 민혁은 충격이 덜했지만, 일이 이렇게 될 줄을 몰랐던 앙리가 느낀 충격은 상상외로 커 보였다.

"그래도 피레스 자리는 로시츠키가 완벽히 채워줄 거예요. 유리 몸이라 좀 걱정은 되는데……."

"네가 채우는 게 아니라?"

"전 레예스나 베르캄프의 자리를 채워야 한다면서요."

앙리는 웃었다. 그나마 네가 있어서 다행이라는 생각에서 나온 건지, 아니면 떠나 버린 선수들의 빈자리에 대한 걱정에서 나온 건지 판단하기 어려운 웃음이었다.

"이번 시즌에 우승할 수 있을까?"

민혁은 그 말을 듣고서야 웃음의 의미를 파악할 수 있었다. 후자였다.

"…힘들겠죠?"

"챔피언스리그는 더 힘들겠지?"

"애슐리가 그렇게 가버렸으니까요."

"뭐… 아스날이 좀 짜긴 했지."

아스날의 최고 주급자는 티에리 앙리 자신이었다. 현재 받는 주급은 14만 파운드로, 월드컵 후 재계약을 한 민혁보다도 두 배는 많은 금액이었다.

하지만 그것도 첼시와 맨유의 선수들에 비하면 많은 게 아니었다. 특히 로만 아브라모비치라는 슈가 대디를 얻은 첼시는 이적료와 선수 연봉 양쪽 모두에 엄청난 금액을 퍼부어 선수들을 유혹했고, 그것은 프리미어리그의 모든 팀에 영향을 끼쳤다. 5~6만 파운드의 주급에도 만족하던 선수들이 10만 파운드 이상의 주급을 요구하게 되었던 것이다.

앙리는 씁쓸한 표정으로 입을 열었다.

                    *   *   *

"그래도 그런 식으로 가버릴 줄은 몰랐는데."

"그나마 갈라스라도 온 걸 다행으로 생각해야죠."

"그래, 그건 네 말이 맞다."

앙리는 그 말이 맞다는 표정을 지었다. 갈라스가 오지 않았다면 솔 캠벨의 자리는 요한 주루가 메우게 되었을 가능성이 높았다. 그랬다면 아스날의 수비진은 붕괴라는 말로도 모자랄 만큼 처참한 꼴이 되었을 터였기에, 갈라스의 합류는 불행 중 다행이라 할 수 있었다.

"참, 너한테도 오퍼 들어왔었다며?"

"첼시에서요."

"왜 거절했어? 주급 12만 준다고 했다면서."

"가면 좋겠어요?"

"그럴 리가."

그는 다소 과장된 표정으로 웃고는 말을 이었다.

"근데 너 주급 6만밖에 안 되잖아. 12만이면 두 배인데 거절한 이유가 뭐야?"

"돈이 전부는 아니잖아요."

민혁은 당연한 이야기라는 태도로 말했다.

첼시에 가면 프랭크 램파드와 해야 할 경쟁도 문제였지만, 무리뉴의 전술에선 민혁과 같은 스타일은 버려질 가능성이 매우 높았다.

공격형미드필더에게도 박스 투 박스 유형의 미드필더나 할 법한 수비 가담을 요구하는 사람이 무리뉴인지라, 수비력에 약점이 있는 민혁이 첼시에 갔다간 벤치만 덥히다 다른 팀으로 팔려 가게 될 게 너무 뻔했다.

그러니 주급 12만에 혹해 그런 부담을 짊어지는 것보다는, 주급을 그 반만 받더라도 주전을 확보한 아스날에서 경험을 쌓는 게 훨씬 나았다.

"그래도 유스라 이거야?"

"충성심하고는 별개의 문제인데요?"

"야, 이럴 땐 그냥 팀이 좋아서 남는 거라고 해야 되는 거야."

민혁과 앙리는 동시에 웃었다.

"아무튼 첼시에 갈 생각은 없어요. 지단이 자기 후계자로 레알에 오라는 것도 거절했는데 첼시에 갈 리가 없잖아요."

"…하긴, 레알도 거절한 놈이 첼시가 눈에 찰 리가 없지."

앙리는 월드컵 때 있었던 일을 떠올리고는 고개를 끄덕였다. 정식 오퍼보다 감격이 클 지단의 제안을 거절한 민혁이 돈을 보고 첼시로 가는 그림은 아무리 노력해도 그려지지 않았다.

민혁은 거기에 한마디를 더 보탰다.

"거기에 디에고 로페스도 들어왔잖아요."

"글쎄… 레알에서 백업으로 있었다며. 레만을 대체할 수 있을까?"

"카시야스가 워낙 자리를 일찍 잡아서 그렇지, 로페스도 실력은 엇비슷해요."

"그래?"

"그러니까 감독님이 데려온 거죠. 감독님 안목 몰라요?"

앙리는 수긍했다. 비록 프란시스 제퍼스와 리처드 라이트라는 실패를 겪긴 했지만, 그래도 아르센 벵거가 선수를 고르는 안목은 인정하지 않을 수 없었다.

잠시 생각을 정리하던 앙리는 웃으며 말했다.

"그래. 이번 시즌에 열심히 해서 챔스 한번 우승해 보자."

*   *   *

―아, 이게 무슨 일인가요. 아스날 또 한 번 실점합니다.

―니콜라스 아넬카의 침투가 좋았습니다. 아무리 디에고 로페스라도 저건 못 막죠.

이번 시즌에도 프리미어리그를 중계하던 KBC 제작진은 탄식을 터뜨렸다. 아무래도 민혁이 있는 아스날에 기울어진 그들인지라, 볼튼 원더러스가 극장 골을 넣은 장면에 환호성을 지를 수는 없었다.

―아스날 선수들 망연자실한 표정입니다. 이건 크거든요.

―아직 리그 13라운드에 불과하긴 합니다만, 이대로라면 우

승과는 거리가 멀어지는 느낌입니다.

―아스날이 지금 몇 패죠?

―패는 2개밖에 없습니다. 하지만 무승부가 너무 많아요. 이 경기를 제외하면 리그에서 12경기를 뛰었는데 벌써 4무입니다. 따야 할 승점을 14점이나 놓쳤다는 이야기예요.

―그래도 아직 포기하긴 이르지 않겠습니까?

―하지만 현재 리그 1위인 맨체스터 유나이티드는 승점 31점, 2위인 첼시는 28점을 기록하고 있습니다. 아스날은 고작 승점 22점인 데다 분위기도 좋지 않아요. 역시 애슐리 콜 선수와 솔 캠벨 선수의 빈자리가 커 보입니다.

중계진의 우려는 필드에서 뛰는 선수들도 느끼고 있었다. 비록 가엘 클리시와 윌리엄 갈라스가 분전해 주고는 있지만 조직력이 흔들리는 것까진 어쩔 수 없었다.

거기에 가엘 클리시의 공격 가담 능력도 문제였다. 수비적인 면에선 애슐리 콜을 확실히 대체하고 있었지만, 공격적인 면에서는 두 사람의 능력 차이가 너무 심했다. 왼쪽 측면에서의 공격이 도저히 살아나지 않자 아스날의 파괴력도 절반 이하로 떨어져 버린 느낌이었다.

결국 볼튼 원더러스와의 13라운드 리그 경기는 아스날의 패배로 끝을 맺었다. 한 수 아래의 팀에게 농락당하다시피 져 버린 경기라 타격도 컸다.

아르센 벵거는 인터뷰에서 신경질적인 반응을 보였다. 지난 시즌까지만 해도 볼 수 없었던 모습이었다.

"감독님도 초조하신 거지."

이제 노장이 된 질베르투 실바는 그렇게 말하며 뱅거를 옹호했다. 스쿼드를 아예 들어내는 수준의 리빌딩을 한 건 아니었지만, 공격과 수비 쪽 모두 에이스에 버금가는 선수들을 잃어버린 이번 시즌에 성적이 잘 나오는 게 이상하단 이야기가 뒤를 이었다. 스쿼드의 무게감이 동등하더라도 조직력 문제로 팀이 흔들리는 게 당연할 터이기 때문이었다.

"그래도 이 성적이면 문제가 커. 이러다간 우승컵을 하나도 못 들지도 모르니까."

앙리의 얼굴엔 불안감과 초조함이 떠올라 있었다. 그 역시 노장이라 불릴 만한 나이가 다가오고 있어서인지, 아직 이루지 못한 챔피언스리그 우승에 대한 아쉬움을 자주 드러내고 있었다.

"아직 상위권이야. 후반기에 잘하면 돼. 우린 48경기 무패도 했던 팀이잖아?"

"하지만 비에이라도 없고, 베르캄프도 없고, 피레스도 없지."

질베르투 실바는 어깨를 으쓱했다. 하기야 그 역시 페어를 이뤘던 비에이라가 그립긴 마찬가지였다.

그들이 일제히 한숨을 터뜨릴 때, 샤워를 끝내고 돌아온 민혁이 입을 열었다.

"왜들 그러고 있어요? 아주 죽을상이네."

"볼튼한테 졌으니까."

민혁도 표정이 살짝 굳었다. 하기야 아스날 선수로서는 기분이 좋을 수 없는 부분이었다. 어쩌다 한 번 겪는 패배라면야 잠깐 찝찝하고 말겠지만, 이번 시즌에 벌써 3패를 기록한 셈이 되자 우울함과 무기력함이 스며들고 있었다.

"그래도 조금씩 나아지긴 하잖아요."

"너무 조금씩이라 문제지."

질베르투 실바의 말에, 민혁은 어깨를 으쓱하며 고개를 돌리다 미간을 좁혔다. 이번 경기에서 오른쪽 풀백으로 뛰었던 저스틴 호이트의 표정도 나빴기 때문이었다.

"넌 또 왜 그래?"

"그냥."

저스틴 호이트는 한숨을 쉬었다. 최근 들어 자신감을 완전히 잃어버린 모습이었다.

처음 임대에서 돌아왔을 땐 자신감에 가득 차 있던 그였다. 선더랜드에서 무려 27경기나 뛰고 온 덕분에 경기에 대한 감각도 살아나 있었고, 그곳에서의 평가도 나쁘지 않았기에 이번 시즌에 대한 기대감이 가득했지만, 이번 시즌 그가 출전한 경기에서 3승 2무 2패라는 성적이 나왔기 때문에 상실감이 큰 것 같았다.

그 표정을 읽은 민혁은 쓴웃음을 문 채 입을 열었다.

"이번 경기는 아넬카가 미쳐서 이렇게 된 거잖아. 자책할 거 없어."

"아넬카 잘하긴 잘하더라."

"우리 팀에 있을 때부터 잘했으니까."

앙리와 질베르투 실바, 그리고 저스틴 호이트 모두 민혁의 이야기엔 동감을 표현했다. 비록 레알 마드리드로 이적한 이후 몰락해 본격적인 저니맨의 길로 들어선 아넬카지만, 아직도 월드 클래스에 버금가는 공격수임은 부정할 수 없었다.

하지만 아넬카 한 명에게 농락당하다시피 하면서 졌다는 건, 아스날이란 팀에 본질적인 문제가 있다는 뜻이었다.

저스틴은 한숨을 쉬며 말했다.

"아무튼… 이대로 계속 가다간 아무것도 못 할걸?"

＊　　　＊　　　＊

벵거는 오랫동안 보아온 사람과 이야기를 나누고 있었다. 상대는 지난 시즌 은퇴해 자유인이 된 데니스 베르캄프였다.

"그래, 그동안 잘 쉬었나?"

"여행도 좀 다녀오고… 그럭저럭 나쁘지 않았습니다. 좀 허전하긴 하지만요."

대답을 들은 벵거는 피식 웃었다. 은퇴한 모든 선수들이 공통적으로 하는 이야기였다.

"앞으로는 어쩔 거지?"

"내년에 아약스 코치로 갑니다."

"좀 더 쉬지 그러나?"

"1년이나 쉬는 건데요."

그렇게 시작된 이야기는 최근 아스날의 성적으로 이어졌다. 그렇지 않아도 답답함을 느끼던 벵거는 베르캄프에게 제3자로서의 관점을 물어보았고, 베르캄프는 다소 삐걱거리는 게 느껴진다 답하고는 하나의 방안을 꺼내놓았다.

"윤에게 제 역할을 맡겨보면 어떨까요?"

"자네 역할을?"

벵거는 손가락으로 테이블을 툭툭 쳤다. 베르캄프의 제안을 머릿속으로 그려보고 있는 것 같았다.

"자네 역할을 하기엔 좀 느린 것 같은데."

"분명히 빠른 편은 아니죠."

베르캄프는 쓰게 웃었다. 축구에서 쓰는 측정법으로, 다시 말해 최고 상태의 속도만 따졌을 때도 50m를 6초 1에 뛰는 민혁은 빠르다고 하기엔 무리가 있었다. 크리스티아누 호날두의 5초 6이나 리오넬 메시의 5초 63과 비교하면 0.5초나 차이가 나기 때문이었다.

"하지만 윤은 드리블 상태에서도 속도가 안 떨어집니다. 벤틀리처럼 더 빨라지진 않지만요."

벵거는 어깨를 으쓱했다. 그걸 감안해도 리그 상위권 수준이지 최상위권 수준이라곤 할 수 없었다. 아스날의 세컨 톱을 맡기엔 부족하다는 이야기였다.

베르캄프는 웃으며 말을 이었다.

"서른두 살 때의 전 더 느렸죠."

"그래서 자네를 주전에서 뺀 거야."

"그것 참 뼈아픈 이야기군요."

대답을 들은 베르캄프는 쓸쓸함을 느꼈다. 그 말을 듣자 자신이 나이가 들었음을 새삼 실감했기 때문이었다.

"하지만 기술이나 패스는 저보다 나은 것 같은데요."

"너무 좋게 보는 거 아닌가?"

"물론 제 전성기만은 못하지만요."

벵거는 희미한 웃음을 물었다. 민혁의 나이가 베르캄프가 전성기를 맞이했던 시기와 비슷하다는 생각이 들어서였다.

"자네 전성기가 스물셋이었나?"

"그쯤이었죠."

"윤도 그때 전성기를 맞았으면 좋겠군."

"그럼 2년 정도 남은 건가요?"

벵거는 어깨를 으쓱하며 고개를 돌렸다. 새삼 베르캄프가 대단하다는 생각이 들어서였다.

베르캄프의 전성기는 아약스에서 뛰던 1992년부터 1994년까지의 2년이었다. 1993년엔 발롱도르 3위, 1994년에 발롱도르 2위에 오르고 나서 아스날에 온 후로는 아약스에서만큼의 활약을 보이지 못했던 게 사실이지만, 그럼에도 아스날의 에이스이자 프리미어리그 최고의 세컨 톱으로 활약을 했던 것이다.

"정말 윤이 자네 전성기만큼만 활약하면 좋겠어."

"최소한 발롱도르 포디움엔 들어야겠군요."

벵거와 베르캄프는 동시에 웃었다.

민혁이 프리미어리그에서도 손꼽히는 선수가 될 능력은 있다고 봤지만, 그래도 발롱도르 최종 3인에 포함되기엔 무리라고 판단했기 때문이었다.

"한 4~5년쯤 후엔 그렇게 될지도 모르지."

낙관적인 예상을 꺼내본 벵거는 생각에 잠겼다. 베르캄프와 이야기를 나누는 동안 머릿속이 점점 정리되는 느낌이었다.

생각을 이어가던 벵거는 한참 후에야 베르캄프가 있음을 기억해 내고는 입을 열었다.

"아, 미안하네. 바쁠 텐데 이만 가보게."

"다음에 뵙겠습니다."

베르캄프는 자리에서 일어나 밖으로 나갔다. 벵거에게 찾아온 영감을 방해하고 싶지 않은 모양이었다.

그로부터 3일 뒤 열린 프리미어리그 14라운드.

벵거의 전술은 지난 경기들과 확연히 달라져 있었다.

*　　　　*　　　　*

　베르캄프의 조언을 받아들인 벵거는 1997—98 시즌의 전술을 다시 들고 나왔다. 아데바요르와 민혁을 각각 원톱과 세컨 톱 자리에 놓고, 로시츠키와 플라미니, 파브레가스와 흘렙을 2선에 놓는 4—4—2 전술이었다.

　하기야 이 전술이라면 애슐리 콜의 부재를 충분히 커버할수 있었다. 1997—98 시즌 아스날의 레프트백이었던 나이젤윈터번은 공격보단 수비에 집중했던 풀백이었고, 클리시도 수비에만 집중한다면 컨디션이 나쁜 날의 윈터번 정도는 할 수있는 풀백이었다.

　물론 질베르투 실바와 비에이라가 버티고 있던 중원과 플라미니, 파브레가스가 버티고 있는 중원의 무게감은 다르겠지만, 2선의 공격력은 그때보다 강할 게 틀림없었다.

　―어… 이거 오랜만에 보는 전술이네요.

　현지 TV를 통해 전달된 포메이션을 본 KBC 중계진은 당황한 빛을 보였다. 지난 시즌부터 4—4—2 포메이션을 거의 쓰지 않던 아스날이 실전에서 이 포메이션을 들고 나올 거라고는 예상하지 못했던 탓이었다.

　하지만 거기엔 합리적인 이유가 있었다.

　이번 경기의 전술은 미래를 내다본 포석이었다. 이 경기에서 민혁의 극적인 활약을 기대하기보다는 세컨드스트라이커로서의 움직임을 익히게 하기 위한 선택이었다. 민혁이 베르캄프보다 속도는 떨어지지만, 기술적인 부분은 충분히 잡을 수 있다고 보았기 때문이었다.

그 생각을 알 리 없는 중계진은 원론적인 입장에서 이야기를 풀어나갔다.

─아스날이 4─4─2 전술을 들고 나왔습니다. 오랜만에 보는 포메이션이네요.

─본래 아르센 벵거는 4─4─2 전술의 신봉자죠. 4─4─2 전술은 경기장의 60%를 장악할 수 있는 전술이기 때문에 좋아한다는 말까지 했던 감독이니까요.

─그래도 비에이라 이적 후로는 한동안 4─5─1 전술을 많이 쓰지 않았습니까? 비에이라의 빈자리를 채울 복안이 있다는 걸까요?

─그건 잘 모르겠습니다. 비에이라를 대체할 만한 선수는 영입하지 못했으니까요. 하지만 이제 와서 4─4─2를 다시 꺼내 들었다면 뭔가 대책을 마련하지 않았을까 싶습니다.

그 이야기가 나오는 동안 양 팀 선수들이 경기장에 들어섰다.

민혁은 퍼스트 톱의 역할을 수행할 아데바요르를 바라보았다. 최근 앙리보다 리그에 더 자주 나오는 아데바요르였다.

월드컵에서 결승전까지 가는 바람에 피로가 누적된 앙리를 보호하기 위한 조치였는데, 프랑스 대표 팀 감독인 도메네크가 자꾸 앙리를 부르고 있음을 생각해 보면 이번 시즌엔 앙리를 제대로 쓰지 못할지도 몰랐다.

"왜 그렇게 봐?"

"그냥."

아데바요르는 어깨를 으쓱하며 입을 열었다. 민혁과 투톱으로 나온 경기는 처음이라 긴장되는지, 그는 평소엔 하지 않을 말까지 꺼냈다.

"월드컵만큼만 하자."

"너 우리한테 져서 탈락했잖아. 넌 그만큼 하면 안 되지."

"......"

아데바요르는 얼굴을 붙잡고 신음을 흘렸다. 격려한다고 한 말이 이런 식으로 돌아와 가슴을 아프게 할 줄은 몰랐다는 듯한 반응이었다.

그러는 동안, 이 경기를 중계하는 KBC 중계진은 경기에 대한 전망을 꺼내보았다.

─대한민국 시청자분들이 가장 관심을 가질 만한 요소는 윤민혁 선수의 세컨 톱 배치겠죠?

─그렇습니다. 윤민혁 선수가 간간이 원톱에 서서 제로톱에 가까운 역할을 수행한 적이 있긴 하지만 보통은 중앙미드필더나 공격형미드필더 롤을 수행해 왔죠. 거기서도 뛰어난 공격력을 보여준 만큼 세컨 톱에서도 좋은 활약을 기대해도 좋을 것 같습니다.

―아, 심판이 휘슬을 불었습니다. 프리미어리그 14라운드. 아스날 대 풀럼, 풀럼 대 아스날의 경기가 시작됩니다.

　풀럼의 포메이션도 4—4—2였다. 헤이다르 헬거슨과 브라이언 맥브라이드를 투톱으로, 그리고 그 아래에 모리츠 볼츠와 웨인 라우틀리지, 토마스 라진스키와 파바 부바 디우프가 버티고 있는 형태였다.

　수비보다는 공격으로 나서겠다는 의미가 담겨 있는 배치였는데, 최근 아스날의 상태가 좋지 않은 것을 보고 맞상대를 결심하게 된 모양이었다.

　"좀 빡치네."

　"동감."

　민혁과 아데바요르는 담담히 감상을 토해낸 후 전방으로 달렸다. 아데바요르는 상대방의 최종 수비수의 바로 앞까지 달렸고, 민혁은 아데바요르와 파브레가스의 사이에 서서 패스를 이어주는 역할을 맡았다. 상황에 따라 파브레가스와 스위칭을 할 생각도 있기 때문이었다.

　풀럼은 아데바요르와 민혁을 압박하는 대신 2선에 있는 선수들에게 달라붙었다. 중앙에서 볼을 탈취해 바로 역습으로 나가겠다는 의도가 보이는 플레이였다.

　"마티유! 여기!"

　민혁은 곧바로 아래로 내려오며 외쳤다.

　마티유 플라미니는 민혁에게 공을 보냈다. 플라미니를 압박하던 라진스키는 몸을 돌리며 민혁에게 붙으려 했지만, 민혁은 공을 받자마자 파브레가스에게 돌려주고는 전방으로 달렸다.

　—아, 윤민혁 선수 공간으로 달립니다. 세스크 파브레가스 선수 시간을 끌면 안 되는데요.

　—공은 다시 플라미니, 세스크, 플라미니.

　—디우프 선수 플라미니 선수를 압박합니다. 공은 측면에 있는 흘렙에게 이어지네요.

　흘렙은 곧장 전방으로 침투했다. 아스날에서 가장 드리블이 좋은 선수 중 하나로 꼽히는 흘렙답게 풀럼의 수비진을 헤집어놓은 그는 빈 공간으로 침투한 파브레가스에게 공을 흘려주었고, 파브레가스는 달라붙는 모리츠 볼츠를 턴으로 떼어낸 후 전방으로 공을 띄웠다. 아데바요르를 겨냥한 로빙 스루였다.

　—아데바요르 선수 헤딩! 넘어갑니다!

　아데바요르는 고개를 저었다. 타점이 다소 높았던 느낌이었다.

　'패스는 좋았는데.'

　공을 힐끗 본 민혁은 아쉬워했다. 아데바요르가 욕심을 내지 않고 자신에게 떨궈줬다면 좋았으리란 생각이 들어서였다.

　그런 장면은 한 번 더 나왔다. 민혁이 힐킥으로 넘겨준 공이 파브레가스의 스루패스를 거쳐 흘렙에게 닿았고, 박스를 파고든 흘렙의 컷 백이 아데바요르의 발밑에 닿은 순간 터진 슛을 풀럼의 키퍼가 막는 그림이었다.

　―아, 윤민혁 선수 완전히 비어 있었는데요.

　―아데바요르 선수가 욕심을 내볼 수는 있는 상황이었습니다. 슈팅 각도가 넓었거든요.

　―물론 그렇습니다. 하지만 아쉽네요.

　―다음 기회가 또 오겠죠.

　낙관적으로 말하는 중계진과 달리, 경기를 본 벵거는 못마땅한 표정을 지었다. 민혁의 플레이가 마음에 들지 않아서였다.

　"세컨 톱으로 움직이라고 했는데, 위에서 뛰는 중앙미드필더처럼 플레이하는군."

　"아데바요르와 겹치는 걸 너무 신경 쓰는 것 같습니다."

　"…그런 것 같군."

　벵거는 아랫입술을 살짝 씹으며 미간을 좁혔다. 문제는 명확한데 그걸 해결하는 방안이 마땅치 않았다. 단순히 지시를 내리는 것만으로는 상황이 좋아질 것 같지 않았던 것이다.

　다행히도, 민혁은 벵거의 표정을 보고는 문제를 파악했다.

　"아……."

　민혁은 라커룸에서 들었던 내용을 기억해 냈다. 분명히 기억은 하고 있는데 그대로 움직이지 못한 건, 아마도 오랫동안 미드필더로 플레이를 했던 버릇 때문일 터였다.

그는 곧바로 전방으로 침투했다. 파브레가스의 패스와 흘렙의 드리블, 그리고 로시츠키의 조율이 이루어진다면 자신이 굳이 아래로 내려올 필요는 없었다.

그 순간, 뱅거의 구상이 완성되었다.

민혁이 전방으로 올라가자, 로시츠키와 파브레가스가 움직일 수 있는 반경이 넓어졌다. 그만큼 풀럼 수비진의 압박도 강해지긴 했으나, 그 둘 모두 세계 정상급의 패스를 주고받을 수 있는 선수들이라 문제는 그다지 크지 않았다.

거기에 플라미니의 활동량이 더해지고 흘렙의 드리블이 추가되자, 공격을 목표로 나왔던 풀럼은 공을 잡을 기회조차 만들지 못했다. 2선에 있는 아스날 선수들과 1.5선으로 올라간 민혁의 패스 교환이 완벽하게 이뤄지고 있었기 때문이었다.

—아스날 플레이가 살아나고 있습니다. 풀럼은 6분째 공을 못 잡고 있는 것 같아요.

—에… 하지만 아스날도 한 방을 때려 넣지 못하고 있습니다. 점유율을 끌어올리고 있는 건 좋지만 풀럼에 너무 시간을 줬어요. 수비가 굉장히 단단합니다.

중계진의 말대로, 아스날은 풀럼의 수비를 뚫지 못했다. 티에리 앙리가 있었다면 민혁과의 콤비플레이로 풀럼의 수비들을 몰아가다 한 방을 터뜨릴 수 있었겠지만, 아데바요르는 아직 그 정도 클래스에 도달하지 못했기 때문이었다.

그 상황을 해결한 건 파브레가스였다.

순간적으로 침투해 들어간 파브레가스는 로시츠키의 패스를 받자마자 골망을 흔들었다. 페널티박스 바로 앞에서 터뜨린 중거리 포였다.

―세스크 파브레가스 선제골! 어제 터진 발락 선수의 골이 떠오르는 중거리 포입니다!

―첼시는 그 골로 승리를 거뒀죠. 과연 아스날도 이 골을 지켜서 이길 수 있을까요?

―가급적이면 윤민혁 선수가 두세 골 정도 더 넣어서 대승을 거둬줬으면 좋겠습니다. 한 골은 부족하거든요.

―네. 홍영욱 해설의 사심 가득한 말씀 잘 들었습니다.

―아니, 이건 제가 원해서가 아니라 대한민국의 축구 팬 여러분들의 바람을 대신……

풀럼의 감독은 머리를 감싸 쥐었다. 분위기가 좋지 않았던 아스날이라면 충분히 잡을 거라던 예상이 어긋나는 느낌이었다.

"망할!"

그는 머리를 쥐어뜯으며 탄식했다. 첫 골이 들어간 이후 아스날의 플레이가 한층 더 좋아지고 있음을 느꼈기 때문이었다.

그중에서도 아데바요르의 플레이가 가장 좋아졌는데, 골에 대한 부담감이 조금 감소한 덕분인 듯싶었다.

그건 다음 플레이로도 증명되었다.

"억!"

아데바요르와 공중볼 경합을 하던 풀럼의 수비수가 바닥을 굴렀다. 골이 들어가기 전이었다면 당황했을 아데바요르는 그쪽을 보지도 않은 채 전방으로 달렸고, 아데바요르가 따낸 공을 받은 플라미니는 지체 없이 전방으로 공을 보냈다.

그 공은 풀럼 수비진의 차단에 막혔으나, 튀어나온 공이 민혁에게 이어지면서 아스날의 공격이 계속되었다.

민혁은 세스크와 한 차례 패스를 교환한 후 공을 몰고 전방으로 침투했다. 그러자 세 명이나 되는 수비가 민혁을 포위하며 달려들었고, 민혁은 마르세이유 룰렛으로 세 명의 사이를 빠져나간 후 박스 반대편에 있는 아데바요르를 겨냥하고 패스를 보냈다.

패스는 조금 어긋나 버렸다. 아데바요르가 생각보다 빠르게 침투해 버린 까닭이었다.

아데바요르의 클래스는 여기에서 증명되었다.

"웃!"

아데바요르는 순간적으로 몸을 돌려 공을 잡았다. 하지만 자세가 좋지 않아서인지 공이 허공으로 튀어 올랐고, 아데바요르는 자세가 무너지는 와중에서도 골대를 힐끗 본 후 그대로 슛을 날렸다. 바이시클킥치고는 볼품이 없는 모습이었다.

하지만 결과는 볼품없지 않았다.

—아데바요르 선수 추가골! 윤민혁 선수의 어시스트입니다!

―아, 방금 장면 정말 좋았습니다. 아데바요르 선수의 클래스가 보이는 장면이었어요. 저렇게 넘어지는 상황에서 슛을 하기가 절대 쉽지 않거든요. 그런데 그걸 넣은 거예요. 아프리카 선수 특유의 탄력성이 없었다면 못 넣었을 골이에요, 이건.

―그렇습니다. 정말 놀라운 골이었죠. 윤민혁 선수는 앙리 선수가 그립지 않았을 겁니다.

관중들은 아데바요르의 모습에 박수를 보냈다. 저런 상황에서 골을 넣은 아데바요르의 투지에 대한 찬사였다.

그리고 후반 20분 투입된 반 페르시의 추가골로, 아스날은 3 대 0 완승을 거둘 수 있었다.

7

굿바이 앙리

2007년 4월 6일.

앙리는 복잡한 표정으로 훈련장을 보았다. 리그는 나름 순항하고 있지만 우승을 하기는 힘들어 보였고, 그 외의 대회도 전망이 밝지는 않은 느낌이었다.

무엇보다, 그에게 있어 가장 중요한 챔피언스리그 도전은 8강에서 끝났다. 16강전에서 PSV 아인트호벤을 만나 탈락했던 원래의 상황보다는 한결 나은 결과였지만, 지난 시즌 결승전까지 올랐던 아스날임을 생각하면 만족할 수 없는 성적이었다.

거기엔 앙리 자신의 부재도 컸다. 도메네크 감독에게 매번 불려 가 국가대표팀에서 혹사를 당한 끝에 무릎 부상을 당해 챔피언스리그 8강전에 나서지 못했고, 그를 대신해 경기에 나선 반 페르시가 결정적인 순간에 몸 개그를 선보이면서 아스날의 탈락이 결정되고 말았던 것이다.

"왜 그러고 있어요?"

"답답해서."

"뭐가요?"

앙리는 웃으며 어깨를 으쓱했다. 별로 대답하고 싶지 않은 모양이었다.

"챔피언스리그 때문에 그래요?"

"어떻게 알았어?"

"뻔하잖아요."

민혁은 그의 옆에 앉으며 한숨을 쉬었다.

민혁 역시도 반 페르시의 몸 개그에 좌절한 사람이기 때문이었다.

하지만 이해를 못 할 건 아니었다. 오른발은 의족이나 다름없는 반 페르시에게 골대 왼쪽에서 찬스가 난 상황이었으니까.

"그 자리에 내가 있었어야 했는데."

"좀 더 빨리 뛰지 그랬어."

앙리는 웃으며 농담을 던졌다.

"그건 무리죠. 세스크한테 패스한 게 전데."

"그냥 하는 소리지."

하지만 앙리의 표정은 금세 다시 찌푸려졌다. 아무래도 이 상황이 마음에 들지 않는 모양이었다.

원래의 아스날을 아는 민혁으로서는 지금의 상황이 불만스럽지 않았다. 자신이 회귀하기 전이었다면 간신히 리그 4위를 수성했을 아스날이지만, 지금은 아슬아슬하게나마 리그 우승에 대한 가능성이 남아 있었다. 디에고 로페스와 로시츠키가 아스날에 적응하면서 원래의 아스날보다 승점이 9점이나 높아졌기 때문이었다.

하지만 그걸 알 리 없는 앙리로서는 지금의 상황에 만족을 느낄 수 없었다. 과연 내 커리어에 챔피언스리그 우승을 넣을 수 있을지 모르겠다는 생각이 원인이었다.

민혁은 그를 힐끗 보고는 고개를 저었다. 정말 2005-06 시즌에 우승을 놓친 게 아쉬울 뿐이었다.

"이번 시즌 끝나고 이적하게요?"

"글쎄……."

앙리는 확실한 대답을 피했다. 이적할 생각이 없지는 않은 것 같았다.

'바르셀로나로 가겠지?'

민혁은 속으로 한숨을 쉬었다. 원래 다음 시즌에 바르셀로나로 이적하게 되어 있는 티에리 앙리였다. 아마 지금도 앙리의 에이전트는 바르셀로나와 레알 마드리드를 상대로 협상을 벌이고 있을 테니 말이다.

"차라리 작년에 레알로 가지 그랬어요?"

"왜? 가면 내 자리 차지하게?"

"거긴 아데바요르 자리죠."

피식 웃은 앙리는 담담히 말했다.

"근데 솔직히 아쉽긴 하다."

"운영진이 더 아쉽겠죠."

레알 마드리드가 작년에 제시한 앙리의 이적료는 무려 4,700만 파운드였는데, 이는 아스날의 신구장 건축비의 10%를 넘는 거액이었다. 앙리가 부상으로 이번 시즌의 절반을 날려 버렸음을 생각해 볼 때, 아스날 운영진도 앙리를 보내지 않은 걸 아쉬워하고 있을 터였다.

"감독님 오셨다. 훈련이나 하자."

"네."

민혁은 쓰게 웃고는 자리를 떴다.

아무래도, 앙리의 마음은 아스날을 완전히 떠난 것 같았다.

*　　　　*　　　　*

2007년 5월 13일.

아스날은 포츠머스와의 리그 마지막 경기를 승리로 장식했다.

하지만 선수들의 얼굴에선 후련함은 있어도 기쁨은 없었다. 이미 맨체스터 유나이티드의 우승이 결정된 상황이기 때문이었다.

팬들 역시 비슷한 표정을 보이고 있었다. 그리고 간간이 분노를 터뜨리는 팬들도 있었는데, 무관에 그친 아스날에 만족하지 못한 앙리가 스페인으로 떠날 거라는 이야기가 퍼지고 있던 까닭이었다.

그런 여론에 영향을 받았는지, 앙리의 퍼스트 에이전트인 제프 웨스턴은 스카이 스포츠 기자단과의 만남에서 앙리의 이적설에 대한 입장을 밝히고 있었다.

"앙리는 다음 시즌에도 아스날에 남을 겁니다."

그는 마이크를 앞에 둔 채 어깨를 으쓱했다. 바로 옆에서 앙리의 이적에 반대한다는 피켓을 든 팬을 보았기 때문이었다.

"아스날의 팬들은 앙리에 대해 절대적인 지지를 보내고 있습니다. 게다가 감독도 앙리의 능력을 의심하지 않고 있죠. 그런데 아스날을 떠나야 할 이유가 뭐죠?"

"그럼 지금 떠도는 이적설은 전부 다 헛소문이라는 이야긴가요?"

"지금으로는 그렇습니다."

제프 웨스트의 대답을 듣고, 스카이 스포츠에서 나온 기자는 마이크를 조금 더 바짝 갖다 대며 질문을 추가했다.

"하지만 아스날이 흔들리는 건 사실 아닌가요? 아직도 비에이라의 빈자리를 완전히 채우지 못한 데다가, 두 시즌 연속으로 우승컵을 들지 못하고 있습니다. 선수로서는 납득하지 못할 성적 아닌가요?"

"저는 그렇게 생각하지 않습니다."

제프 웨스트는 장문의 답변을 꺼냈다.

"아스날은 계속 발전하고 있습니다. 이제 아스날은 6만 석이 넘는 구장을 가지고 있는 클럽이 됐으며, 윤과 파브레가스라는 두 명의 유망주가 비에이라 못지않은 선수로 성장하고 있으니까요. 물론 수비적인 부분에서 문제를 찾을 수는 있습니다만, 그건 어디까지나 클럽이 발전하는 도중에 맞이하게 되는 일종의 관문입니다. 아르센 벵거라면 충분히 해결할 수 있는 문제죠."

그곳에 몰려든 기자와 아스날의 팬들은 고개를 끄덕였다. 제프 웨스트의 자신감 넘치는 목소리가 그의 주장에 신뢰를 불어넣고 있던 까닭이었다.

하지만 그 시각, 앙리의 세컨드 에이전트인 데런 데인은 런던에 없었다. 아스날의 마지막 경기가 벌어지는 날이라 훈련을 마친 선수들의 몸 상태를 체크해야 할 그였지만, 지금은 그것보다 자신의 최대 고객인 앙리의 이적을 논의하는 게 훨씬 더 중요했다.

바르셀로나 공항에 내린 그는 곧바로 자신의 고객에게 전화를 걸었다.

"도착했습니다."

—아, 벌써요?

"그런데… 지금 TV에 제프가 나오는데, 제프에겐 아무 말도 안 하셨습니까?"

앙리는 아무 말도 하지 않았다. 아무래도 언론 관리를 우려해 그에겐 아무 말도 하지 않은 것 같았다.

그런 낌새를 느낀 데런은 피식 웃고는 말을 이었다.

"제프가 알면 섭섭해할 텐데요."

—그건 제가 알아서 하죠.

"알겠습니다."

데런은 전화를 끊었다. 약속에 늦지 않으려면 지금 바로 택시를 잡아야 했다.

그 시각에도 제프 웨스트는 앙리의 이적설을 반박하고 있었다. 앙리가 그에게 알리지 않고 이적을 진행하고 있는 부분도 문제였지만, 지난 시즌 4,700만 파운드의 제안마저도 거절했던 아스날이 돈을 적게 쓰는 바르셀로나로 이적을 시킬 거라 생각하기도 쉽지 않았다.

당장 지난 시즌 바르셀로나가 사용한 이적료의 총합이 3,100만 유로에 불과했고, 이 금액은 레알 마드리드가 앙리의 이적료로 제안한 금액의 절반을 살짝 상회하는 정도에 지나지 않는 액수였기 때문이었다.

런던에서 TV를 보던 앙리는 어깨를 으쓱하고는 의자에서 일어났다. 마침 벵거와 약속한 시간이 거의 다 되었기 때문이었다.

자신의 애마를 몰고 구단 사무실로 향한 그는 직원들에게 인사를 건네며 감독실로 향했다. 표정은 그다지 밝지 않았는데, 감독에게 직접 이적 요청을 해야 한다는 사실이 마음에 걸리고 있는 것 같았다.

벵거의 사무실 앞에서 멈춰 선 앙리는 숨을 길게 내쉬며 노크를 했다.

"티에리?"

"네."

"들어오게."

앙리는 문을 열고 안으로 향했다.

벵거는 그가 온 용건을 알고 있었다. 바로 어제 앙리가 장문의 메일로 이적을 하고 싶다는 생각을 밝혔기 때문이었다.

앙리가 의자에 앉자, 벵거는 한숨을 내쉰 후 입을 열었다.

"그래, 이적하고 싶다고?"

"…네."

벵거는 이마를 짚었다. 베르캄프와 비에이라, 피레스 등이 전부 떠나 버린 지금, 앙리까지 팀을 나가면 아스날의 전력은 무패 우승을 기록했던 2003-04 시즌의 절반이나 될까 싶었던 것이다.

하지만 이해를 못 할 일도 아니었다. 리그와 월드컵 우승을 모두 경험해 본 앙리에게 있어 챔피언스리그 우승은 마지막 퍼즐이나 다름없었지만, 신구장 건축으로 인해 빅 사이닝이 불가능한 아스날로선 그 퍼즐을 채워주기엔 무리가 있었다.

"어디로 갈 생각이지?"

"바르셀로나와 논의 중에 있습니다."

"이적 규정 위반인 건 알 텐데."

"…알고 있습니다."

벵거는 아무 말 없이 고개만 끄덕였다. 그걸 알면서도 선수가 직접 이적을 추진하고 있다는 건 소속 팀에서 마음이 완전히 떠났다는 뜻이었다.

그런 선수를 억지로 붙잡아봐야 좋은 경기력이 나올 수 없는 일.

거기에 앙리의 폼도 점점 떨어지고 있었기에, 이번 시즌이 아스날로서도 앙리를 이적시켜 수입을 얻을 마지막 기회일 가능성도 있었다.

'이번 시즌에 갚아야 할 부채가……'

벵거는 미간을 좁혔다.

프리미어리그에서 가장 재정구조가 튼튼한 아스날이지만, 구장 신축으로 인해 생긴 거대한 부채는 항상 신경이 쓰이는 부분이었다. 당장 이번 시즌만 해도 800만 파운드 이상의 단기 부채와 이자가 밀려들기 때문이었다.

하지만 앙리를 보내는 것도 쉽지 않았다.

아데바요르와 반 페르시라는 기대주가 있지만 앙리에 비해서는 손색이 있는 데다, 아데바요르는 쉬운 상황에서 공을 허공에 띄우는 문제가 있었고, 반 페르시는 자주 눕는 데다 오른발이 의족이나 다름없다는 문제를 안고 있었다.

역시, 그 둘을 모든 면에서 완벽한 앙리와 비교하는 건 아무리 생각해도 무리였다.

"한 시즌만 더 남아주면 안 되겠나?"

"그건……."

앙리는 난처한 표정을 지었다. 어렵게 한 결정이니만큼 돌이키기도 어려운 까닭이었다.

벵거는 앙리의 표정에서 그것을 읽었다.

아스날을 사랑하지만 챔피언스리그에서 우승을 하고 싶다는 열망이 그보다 강했다. 만약 아스날이 충분한 전력 보강을 해줄 수 있다면 몰라도, 그게 아니라면 남을 뜻이 없다는 이야기였다.

하지만 아스날은 많은 돈을 쓸 수 없었다.

당장 지난겨울 이적 시장에서 발을 뺐던 것도 돈이 없어서였기에, 앙리가 원하는 만큼의 보강을 해주는 건 불가능했다.

물론 앙리와 아스날의 계약은 아직 3년이나 남아 있었다.

때문에 그를 억지로 남기려 한다면 잡을 수는 있겠지만, 그런 선수를 데리고 있는 건 팀에게나 선수에게나 엄청난 손해였다.

고민하던 벵거는 고개를 끄덕였다.

"그래, 자네도 빅이어를 들어봐야지."

앙리는 아무 말도 하지 못했다.

팀이 어려운 때에 이적 요청을 하는 자신이 배신자처럼 느껴졌기 때문이었다.

하지만 벵거는 그런 내색 없이 말을 이었다.

"바르셀로나가 2,500만 유로만 제시하면 합의해 주겠네."

"그건 너무……."

"비싼가?"

"아닙니다. 그게 아니라……."

앙리는 당혹스럽다는 표정을 지었다. 돈이 필요한 아스날이 고작 그 금액에 자신의 이적을 허락할 줄은 몰랐기 때문이었다.

"그동안 수고 많았네. 바르셀로나에서는 꼭 빅이어를 들기 바라네."

벵거는 앙리의 어깨를 두드리며 격려의 말까지 건넸다. 앙리로서는 얼굴을 들기 힘들 정도의 관용이었다.

그리고 다음 날.

시즌 종료를 기념하는 파티장에 나타난 벵거는 선수들을

향해 충격적인 이야기를 꺼냈다.

"이미 아는 사람도 있겠지만……."

벵거는 어깨를 으쓱한 후 말을 이었다.

"앙리는 다음 시즌에 여기서 떠난다."

*　　　*　　　*

벵거의 말은 아스날 선수단을 충격에 빠뜨렸다.

앙리의 이적설은 이적 시즌에 흔히 도는 뜬소문이라 생각했던 그들인지라, 앙리가 정말로 이적을 한다는 말은 IMF 당시 은행이 부도났다는 말을 들은 한국인들과 비슷한 수준의 충격으로 다가오고 있었다.

이미 앙리의 이적을 기정사실화하고 있던 민혁마저도 충격을 느낀 사건이었으니, 아예 이 사실을 모르고 있던 다른 선수들의 충격이 얼마나 클지는 굳이 듣지 않아도 알 수 있었다.

"할 말 있는 사람 있나?"

입을 여는 사람은 아무도 없었다. 다들 충격에 잠긴 표정만 짓고 있어서, 민혁은 순간 이곳이 알카트라즈 수용소라도 된 듯한 착각마저 느껴야 했다.

그 고요함을 이기지 못했는지, 벵거는 곧바로 다음 말을 꺼냈다.

"다음 주장은 갈라스에게 맡기도록 하지. 반대하는 사람 있으면 말해보도록."

이번에도 아무 말도 나오지 않았다. 다들 충격을 수습하지 못한 것 같았다. 아스날에 뼈를 묻으리라 생각했던 앙리의 이적이 몰고 올 여파에 대해서 심각하게 고민을 하는 선수들도 보였고, 그를 따라 아스날을 떠날 생각을 하는 선수도 있는 것 같았다.

그로부터 며칠 후. 프레드릭 융베리도 아스날에 이적을 요청했다. 그 역시도 아스날이 우승권에서 멀어졌음에 실망하고 있었기 때문이었다.

벵거는 융베리의 이적도 용인했다. 그 역시 아스날에 할 만큼 했다는 생각을 가진 데다, 이미 흘렙에게 밀려 벤치로 밀려난 그를 굳이 남길 필요가 없다고 여겼던 것이었다.

그 후에도 몇 명과 면담을 마친 벵거는 지친 표정으로 한숨을 쉬며 고개를 들었다.

"너까지 네 명 남았구나."

"네?"

"무패 우승 멤버 말이다."

민혁은 어색한 표정을 지었다. 무패 우승 시즌에 10경기도 못 뛴 자신이 거기에 들어가도 되나 싶어서였다.

거기에 더 참담한 것은, 당시 유망주였던 민혁을 제외할 경우 당시의 실력을 유지하고 있는 건 콜로 투레 한 명뿐이라는 사실이었다. 레만과 실바는 벤치로 밀려난 지 오래였기 때문이었다.

뱅거는 왼쪽 엄지를 가볍게 물었다. 물론 파브레가스와 플라미니, 로시츠키와 훌렙이 버티는 2선도 리그 상위권의 전력이지만, 아무래도 무패 우승을 거뒀던 2003−04 시즌에 비해서는 무게감이 많이 떨어지는 기분이었다.

그나마 민혁이 베르캄프를 연상시킬 만큼 발전한 것이 위안이랄까…….

"혹시나 해서 하는 말이지만."

민혁은 고개를 갸웃하며 그를 보았다. 도대체 무슨 말이기에 이렇게 뜸을 들이나 싶어서였다.

뱅거는 한참이나 망설인 끝에야 입을 열었다.

"넌 이적시킬 생각이 없다."

"저도 이적할 생각 없어요."

"다행이구나."

뱅거는 한시름 놓았다는 표정을 지었다. 내심 민혁의 이탈을 걱정하고 있었던 모양이었다.

"하지만 전력 보강은 필요할걸요. 저야 그렇다 쳐도 세스크나 플라미니 같은 애들은 걱정 좀 하던데."

"…생각하고 있는 선수는 있다."

"에두아르도 다 실바죠?"

뱅거는 눈을 크게 뜨고 민혁을 보았다. 도대체 어떻게 알았나 싶어서였다.

하지만 그는 곧 평정을 찾았다. 민혁이 의문의 스카우터에게 조언을 받고 있다고 생각하던 그였기에, 그 말을 듣자 오히려 안심이 되는 부분도 있었다.

"그래. 그리고 수비 쪽도 좀 보강할 생각이다. 지금 옥세르에서 뛰는……."

"사냐도 지금 와요?"

벵거는 완전히 놀라 버렸다. 최대한 보안을 갖추고 있던 부분이기 때문이었다.

"어떻게 알았지?"

민혁은 어색하게 웃기만 했다. 어떻게 말을 해야 할지 몰라 지은 표정이었지만, 벵거는 민혁과 연락을 하고 지내는 스카우터가 그 정도의 정보력은 있다는 뜻으로 이해하고는 숨을 깊게 내쉬며 이야기를 이어나갔다.

"윤."

"네?"

"그 스카우터… 정말 아스날에서 일할 생각이 없다던?"

민혁은 이번에도 웃기만 했다. '아스날에서 선수로 뛰고 있는데요'라고 말할 수는 없기 때문이었다.

벵거는 어깨를 으쓱해 보인 후 화제를 돌렸다.

"아무튼 전력 보강은 얼추 될 거다. 앙리의 빈자리가 크긴 해도……."

"그래도 수비가 너무 부실해요."

"추천할 만한 선수가 있나?"

민혁은 그 말을 기다렸다는 듯이 두 명의 이름을 꺼냈다.

"디에고 고딘이나 토마스 베르마엘렌을 데려오는 게 최선일 걸요. 지금이면 각각 600만 유로 선에서 데려올 수 있을 것 같은데……."

"둘 다 처음 듣는 이름이구나."

"돈을 좀 더 쓰면 티아구 실바도 괜찮을 거예요."

"…그건 누구지?"

벵거는 셋 다 모르겠다는 반응을 보였다. 하기야 이 시기의 디에고 고딘은 우루과이 리그의 나시오날에서 뛰고 있었고, 토마스 베르마엘렌은 이제야 아약스의 주전으로 발돋움한 선수였기 때문이었다.

티아구 실바는 좀 더 심했다. 남미의 유망주를 잘 알아보기로 유명한 FC 포르투 스카우터에 의해 유럽으로 넘어왔지만 리저브 팀에서만 버티다 러시아로 팔려 갔고, 거기서 결핵을 얻어 출전도 못 하고 브라질로 돌아가 건강을 회복하고 있는 상태였다. 당연히 아스날 스카우트진의 눈에 들 리 없다는 이야기였다.

"당장 쓰려면 베르마엘렌이 제일 나을 거고, 2~3년 키워서 쓰려면 고딘이랑 실바가 나을 거예요. 실바는 적응이 좀 걸리긴 하는데……."

"확신할 수 있나?"

"네."

민혁의 조금의 망설임도 없이 고개를 끄덕였다. 유리 몸이 되기 전의 베르마엘렌은 EPL 최고 수준의 수비수였고, 디에고 고딘과 티아구 실바는 세계 최고 수준의 수비수로 성장한다는 걸 이미 알기 때문이었다.

"조금 고민해 봐야겠구나. 아무튼 고맙다."

벵거는 그 말을 끝으로 민혁과의 면담을 끝냈다. 그래도 민혁이 아스날을 떠날 생각이 없단 말을 들어서인지 조금은 후련해 보이는 표정이었다.

그리고 그날 오후.

민혁은 집에 찾아온 모아시르와 아스날의 상황에 대한 이야기를 나눴다.

"뭐, 좀 안 좋긴 하죠."

그는 모아시르의 질문에 짧게 답하다, 설명이 부족하단 느낌을 받고 내용을 추가했다.

"앙리가 나가는 것 때문에 걱정이 많은가 봐요."

"왜? 따라서 나간다는 사람이 많대?"

"그렇다네요."

민혁은 아스날에 도는 분위기를 떠올렸다. 자신과 함께 유스에서 올라온 선수들까지도 아스날을 떠나는 걸 고려하는 느낌이었다.

물론 대부분이 주전에서 밀린 선수들이긴 하지만, 앙리가 떠나면 기회를 더 잡을 수 있을 제레미 알리다에이르까지도 떠나겠단 의사를 밝혔다는 건 팀이 흔들리고 있다는 증거가 분명했다.

"너도 이적하지 그래?"

모아시르는 자신에게 온 제안들을 꺼내 테이블에 올렸다. 말이 나온 김에 확실히 결론을 내자고 하는 것 같았다.

"왜요, 좋은 제안 왔어요?"

"응. 밀란이랑 함부르크에서 제안이 왔어. 네덜란드에서도 세 곳 정도가 왔는데 고려할 가치가 없어서 치워 버렸고… 나폴리나 마르세유는 금액이 안 맞을 것 같아서 내 선에서 잘랐는데 생각 있으면 말해."

"그거 이적 규정 위반 아니에요?"

"그렇긴 하지. 근데 다들 이러는 거 알잖아."

민혁은 피식 웃고는 입을 열었다.

"아스날 떠날 생각 없어요."

"너 지금 주급 6만 받잖아. 너무 적은 거 아니야?"

"내년에 협상을 한 번 더 하면 되죠. 그때 10만 이상 요구해 보세요."

"밀란은 지금 11만 주겠다던데?"

2010년대에 들어서면서부터는 돈을 쓰지 않는 구단이 되는 밀란이지만, 아직은 구단주인 베를루스코니가 돈을 마구 퍼부을 때였다. 높은 주급을 미끼로 걸고 선수를 유혹할 능력이 있다는 이야기였다.

하지만 민혁은 내키지 않는 표정으로 말했다.

"거긴 파운드가 아니라 유로잖아요. 유로로 받을 거면 14만 이상은 돼야죠."

"그만큼 받으면 이적할 생각은 있고?"

"없어요."

모아시르는 입을 삐죽이며 서류들을 들어 분쇄기에 넣었다. 민혁의 표정과 말투로 보아 이번 시즌 이적은 없을 게 분명해 보였기 때문이었다.

그쪽을 잠시 보던 민혁은 지나가듯 물었다.

"윌셔는 어때요?"

"슬슬 1군으로 올려도 되겠다는 이야기가 나오더라고. 걔 진짜 물건이더라."

"케인은요?"

"16세 이하 팀 세컨드스트라이커까진 올라왔어. 요즘 점점 실력이 는다고는 하는데⋯⋯."

"왜요?

"너나 윌셔하고 비교하면 차이가 좀 커서."

민혁은 피식 웃었다. 모아시르가 케인에게 별다른 기대를 하지 않고 있음이 보였기 때문이었다.

"저나 윌셔랑 비교하면 안 되죠. 케인 걔는 스트라이커로 포지션 변경한 지 몇 년 되지도 않은 애니까."

"걔 진짜 뜨긴 떠?"

"뜬다니까요. 제 말이 언제 틀린 적 있었어요?"

잠깐 생각하던 모아시르는 고개를 저었다. 적어도 축구에 대해서라면 틀린 말을 한 적은 한 번도 없었다.

"언제쯤 뜨는데?"

"2014년쯤?"

"월서는?"

"지금 당장 써도 되겠다면서요."

"넌 어떻게 생각하냐는 거지."

민혁은 자리에서 일어나 냉장고로 향하며 답을 꺼냈다.

"내후년에 임대 보내고 그다음 해에 1군으로 데려오면 맞겠네요."

"근데 걔 위치가 너랑 겹치잖아."

"저랑 월서 둘 다 윙에서도 뛸 수 있어요."

민혁은 별로 긴장하지 않았다. 아직은 자신이 월서보다 낫다는 믿음도 있었고, 디아비와 로시츠키가 계속해서 드러누울 선수들임도 알고 있기 때문이었다.

따라서 월서가 1군에 들어오는 건 반기면 반겼지 꺼릴 일이 아니었다.

"아무튼 월서 신경 좀 써줘요. 내후년에 걔 못 올라오면 팀 꼬라지가 말이 아닐 테니까."

"그럼 슬슬 임대 구단을 알아보면 되나?"

"내년쯤에 알아보면 되죠. 아, 가능하면 볼튼으로 보내주세요."

"볼튼? 거긴 왜?"

"그냥요."

모아시르는 고개를 끄덕였다. 민혁이 저렇게 말하는 데엔 뭔가 이유가 있으리란 생각이었다.

그러던 그는 확인하듯 다시 물었다. 조금 전 나누던 이야기의 연장선이었다.

"근데 진짜 이적 안 할 거야? 다들 떠나는데 너만 안 떠나면 손해야."

"괜찮아요. 아스날도 보강을 하긴 할 거니까."

모아시르는 불안한 표정으로 말했다.

"어디서 듣도 보도 못한 애들 데려오는 거 아냐?"

*　　　*　　　*

민혁이 추천한 선수들을 관찰한 아스날은 디에고 고딘과 토마스 베르마엘렌의 이적을 시도했다. 1,200만 파운드로 믿을 만한 수비수 두 명을 구할 수 있다면 손해는 아니라는 판단이었다.

하지만 영입에 성공한 건 베르마엘렌 한 명뿐이었다. 한참

조건을 논의하던 디에고 고딘은 협상 도중에 비야레알로 이적하겠다는 뜻을 밝혀 아스날행이 무산되었는데, 아무래도 잉글랜드보다는 언어가 같은 스페인 팀을 선호하기 때문인 것 같았다.

그리고 언론은 아스날을 공격했다. 앙리의 이적이 논의되는 지금, 그를 대신할 선수는 고사하고 어디서 들도 보도 못한 수비수를 데려왔다는 비판이 줄을 이었다. BBC나 스카이 스포츠 같은 정론지는 물론이고, 더 선이나 커트오프사이드 같은 찌라시 언론들도 모두 한마음 한뜻이 되는 순간이었다.

하지만 벵거는 베르마엘렌의 영입에 흡족해했다. 네덜란드에서의 플레이를 보면 요한 주루나 펠리페 센데로스보다는 훨씬 낫다는 결론이 나왔던 데다, 투레나 갈라스의 옆에서 경험을 쌓으면 그들을 능가하는 선수가 될 거라는 예상도 들었기 때문이었다.

그런 선수를 고작 650만 파운드로 사 왔다는 건 정말이지 커다란 성과였다.

영입을 제안했던 민혁도 만족했다. 콜로 투레와 윌리엄 갈라스를 제외하면 수비가 불안하던 아스날이기에, 센터백과 풀백 모두를 수행할 수 있는 베르마엘렌이 이번 시즌에 영입되었다는 건 누가 뭐래도 다행스러운 일이었다.

하지만 그 만족감은 모아시르가 가져온 소식에 의해 산산이 부서졌다.

"윤, 이거 봤어?"

"뭔데요?"

모아시르는 어깨를 으쓱하며 말했다.

"너 4주짜리 영장 나왔어."

8

2007 아시안컵

민혁은 짧게 깎은 머리를 매만지며 커피를 마셨다.

4주간의 훈련소 생활은 그리 끔찍하지 않았다. 회귀 전 입소했을 땐 지옥과도 같았던 4주였지만, 이번엔 이 4주만 버티면 군대에서 해방된다는 생각 덕분인지 그럭저럭 버틸 만한 느낌이었다.

'하긴, 사격 빼면 훈련도 거의 빠졌지.'

생각해 보면 필수 코스인 사격을 제외한 나머지는 부상 위험이 있다는 이유로 교관들이 빼준 영향도 컸다. 아마도 축구협회의 요청이 있었기 때문일 터였다.

축구협회가 그런 요청을 한 건 딱히 민혁을 생각해서는 아니었다.

본래, 축구협회는 2007 아시안컵 출전 문제를 들먹이며 민혁을 훈련소로 보내지 않으려 했다. 민혁이 논산 훈련소에 들어갈 경우 축구대표팀 소집이 사실상 불가능해지기 때문이었다.

하지만 민혁은 입영을 강행했다. 솔직히 축구협회 놈들 엿이나 먹으라는 생각도 있었다.

그리고 지금.

민혁은 인도네시아 팔렘방으로 향하는 비행기에 탄 채 한숨을 푹푹 내쉬고 있었다. 아드보카트의 뒤를 이어 대한민국 대표 팀 감독이 된 핌 베어벡이 기어코 민혁을 명단에 넣어 제출한 관계로, 민혁은 훈련을 마치자마자 인도네시아로 가야 했던 것이다.

"미친 거 아냐?"

민혁은 눈을 감은 채 투덜거렸다. 만약 자신이 훈련소에서 다치기라도 했으면 어쩌려고 그랬나 하는 심정이었다.

하기야 그럴 경우엔 예비 명단에 오른 선수들을 넣었겠지만, 당연히 아시안컵에 출전하지 않으리라 생각했던 민혁으로서는 당황할 수밖에 없는 이야기였다.

그래도 한 가지 위안이 되는 게 있다면, 대한민국이 이미 결선 토너먼트 진출에 성공했다는 부분이었다. 잘해야 세 경기만 뛰면 된다는 뜻이었다.

민혁이 그런 생각을 하고 있을 때, 착륙을 알리는 기장의 안내가 흘러나왔다.

—저희 비행기는 이제 곧 팔렘방 공항에 도착할 예정입니다. 안전벨트를 반드시 매어주시고, 등받이는 원래대로 해주시길 바랍니다.

민혁은 풀었던 벨트를 꽉 조이며 창밖을 보았다. 2007 아시안컵이 열리고 있는 네 개의 나라 중 하나인 인도네시아였다.

공항에 내린 민혁은 미리 와 있던 코치를 만나 차를 타고 한국의 캠프로 향했다. K리그 수원 출신이라는 코치는 민혁을 다소 어색하게 대했는데, 아마도 학연으로 줄줄이 이어지던 한국 축구계에 익숙해진 나머지 이방인에 가까운 민혁을 대하는 데 어려움이 있는 것 같았다.

"윤민혁 선수, 이제 다 왔으니까 짐 챙겨요."

"말 편하게 하셔도 된다니까요."

"내, 내가 불편해서 그래요. 괜찮으니까 신경 쓰지 마세요."

민혁은 떨떠름한 표정으로 고개를 끄덕였다. 본인이 저렇게 말하는 데야 두 번이나 권할 수는 없었다.

짐을 챙겨 그를 따라간 민혁은 호텔에 들어가 짐을 놓았고, 오후 훈련에 참가해 먼저 온 선수들과 이야기를 나눴다. 비행 피로 때문에 본격적인 훈련엔 들어가지 못하지만, 그래도 팀이 훈련하는 모습은 보아야 한다는 베어벡 감독의 지시 때문이었다.

먼저 온 대표 팀은 마침 휴식을 취하고 있었고, 민혁은 그들에게 인사를 하다 바닥에 깔린 잔디를 발견하고는 한숨을 쉬었다.

"이 잔디… 진짜 지옥이네요. 지난번에도 그랬지만 이건……."

"와봤어?"

"여긴 아니고, 17세 이하 대표 팀에서 뛸 때 베트남에서 뛰어봤어요."

김서진은 눈을 동그랗게 뜨고 민혁을 보았다. 정말 의외의 말을 들었다는 표정이었다.

"너 청대 출신이야?"

"왜 그렇게 놀라요?"

그는 민혁의 질문에 답하는 대신, 고개를 돌려 다른 선수들이 있는 방향을 보고 소리 질렀다.

"야! 민혁이 청대 출신이래!"

"진짜?"

"걔 해외에서만 뛰지 않았어?"

쉬고 있던 선수들은 민혁과 김서진이 있는 곳으로 몰려왔다. 민혁이 청소년대표팀에서 뛰었다는 걸 모르는 사람이 많았던 모양이었다.

"너 성욱이랑 동갑 아냐? 걘 너랑 같이 뛴 적 없다고 하던데?"

"걔 17세 대표 팀에 없었어요."

"그래?"

이은재는 고개를 돌리며 목소리를 높였다. 멀리 있는 최성욱을 겨냥한 질문인 탓이었다.

"야! 성욱아! 너 17세 팀에 못 들어갔었어?"

멀리서 쉬고 있던 최성욱은 고개를 끄덕였다. 당시엔 고등학교에서 자리를 잡던 시기였던 데다, 민혁에게 밀려 청소년대표팀에 들어가지 못하기도 했기 때문이었다.

"성욱이 고2 되면서부터 터졌잖아. 17세 대표 팀에 들어가기 힘들었을걸."

"그래도 19세 팀엔 들어갔었는데요."

최성욱은 가까이 다가와 투덜거렸다. 리그에선 한 살 아래인 박주혁에게 치이고, 이번 대표 팀에선 민혁에게 치이는 처지라 그런지 표정이 왠지 좋지 않았다.

그렇게 대표 팀에 합류한 민혁은 팀에 금세 녹아들었다. 뒤늦게 합류했다고는 해도 2006 월드컵에서 뛰며 발을 맞춰본 경험도 있었고, 팀원 중에서도 가장 클래스가 높은 선수 중 하나라는 평가를 받는 만큼 다른 선수들이 민혁에게 어느 정도 맞춰준 영향도 있었다.

그 결과, 민혁은 8강과 4강에서 연속으로 멀티골을 터뜨리며 대한민국을 결승으로 이끌었다. 막 군사훈련을 마치고 나왔을, 민혁을 대표 팀에 넣는 게 말이 되느냐던 국내의 여론을 대번에 바꾸는 활약이었다.

그렇게 한국의 결승행이 결정된 바로 그 시각.

다른 경기장에서 열린 경기도 승패가 갈렸다.

＊　　　＊　　　＊

"어라, 일본?"

민혁은 당황했다. 본래 2007 아시안컵 결승전 진출국은 사우디아라비아였기 때문이었다.

"일본이 올라올 리 없는데?"

"뭐가 일본이 올라올 리 없어?"

박지석은 이상하단 표정으로 민혁을 보았다. 사우디아라비아가 올라올 거라고 굳게 믿고 있었던 것 같은 민혁의 태도를 이해할 수 없다는 반응이었다.

"아니, 그게요……."

민혁은 마땅한 답을 찾지 못하고 버벅거렸다. 뭐라고 말해야 할지 모를 상황이었다.

그러고 보면 박지석도 여기 있으면 안 되는 사람이었다. 원래대로라면 피로 누적으로 인해 생긴 무릎 인대 부상으로 병원에 누워 있던 시기였지만, 이번엔 그런 부상을 당하지 않고 이 대회에 참여할 수 있었다. 민혁이 국가대표팀에 합류하면서 그에게 가해지는 부담이 줄어든 덕분에 생긴 긍정적인 변화였다.

그렇게 민혁이 버벅거릴 때, 저 멀리서 나타난 일본 축구협회 부회장이 박지석을 보고는 달려와 손을 잡았다. 스타를 만난 열성 팬 같은 모습이었다.

"왜 저러지?"

"부회장님이 교토 퍼플 상가 출신이거든."

답을 준 것은 백발이 언뜻 섞인 일본인 남자였다. 아마도 일본 축구협회의 간부인 모양이었다.

그는 민혁에게 손을 내밀며 말했다.

"오랜만이다."

"…저 아세요?"

당황하던 그는 헛기침을 터뜨린 후 말을 이었다.

"예전에 너에게 일본으로 귀화할 생각이 없냐고 물었던 사람이다."

"아……."

민혁은 약 10년 전의 기억을 더듬어보았다. 그러고 보니 분명 그런 제안을 받았던 적이 있었다.

"이시카와 씨?"

"그래."

그는 민혁이 나고야 그램퍼스 주니어로 있을 때 귀화를 권했던 이시카와 히데였다.

"근데 왜 여기 있어요? 일본도 경기 막 끝났을 텐데?"

"아까 말했잖아. 부회장님이 교토 퍼플 출신이라고. 박지석 선수를 보러 온다길래 따라온 거야."

민혁은 혀를 내둘렀다. 박지석이 교토 퍼플 상가에서 어떤 대우를 받고 있는지 짐작이 되었기 때문이었다.

이 정도면 아스날의 앙리보다 더하면 더했지 못하지는 않았고, 에릭 칸토나가 맨유에서 받는 대접 정도는 되어야 박지석과 비교가 가능할 것 같았다.

이시카와는 박지석과 일본 축구협회 부회장이 있는 곳을 슬쩍 보다, 민혁에게 고개를 돌리고는 목소리를 낮춰 조용히 말했다.

"솔직히 지금도 좀 아쉽다."

"뭐가요?"

"너만 귀화했으면 나고야 그램퍼스 주니어에서 국가대표 넷이 나올 수 있었으니까."

"엥?"

눈을 깜박이던 민혁은 믿을 수 없다는 표정을 지으며 물었다. 본래대로라면 있을 수 없는 일이기 때문이었다.

"셋이나 나왔어요? 누군데요?"

"모리사키 겐조, 하라구치 와타루, 미나기타 히사토."

"미나기타는 누군지 모르겠는데요?"

"너 있을 땐 후보로 뛰던 애다. 고등학교 때 포텐이 폭발해서 대표 팀에 들었어."

민혁은 고개를 끄덕였다. 뒤늦게 포텐셜이 폭발하는 선수도 적지 않으니, 나고야 그램퍼스 주니어 출신의 선수들 중에도 그런 사람이 한두 명쯤은 있는 것도 이상하진 않았다.

　"누가 제일 잘해요?"

　"나카무라."

　"…그램퍼스 애들 중에서요."

　"미나기타. 프로 경험이 제일 많거든."

　이시카와는 공격수인 모리사키나 하라구치는 분데스리거인 나카하라 나오히로에게 밀려 벤치를 데우고 있지만 미나기타는 당당히 주전을 차지하고 있다는 말을 들려주었다. 벌써부터 일본의 칸나바로라는 별명을 얻고 있다는 설명도 뒤를 이었는데, 그는 미나기타가 어릴 적 같이 뛰었던 민혁을 상대하는 걸 항상 상상하면서 훈련을 했다고 들었다는 말로 민혁을 살짝 띄워주었다.

　민혁은 그제야 일본이 상대가 된 이유를 깨달았다. 자신에게 영향을 받은 나고야 그램퍼스 주니어 출신들이 일본 대표팀에 합류하면서 일본의 전력이 원래보다 상승했고, 그 결과 사우디아라비아를 꺾고 결승에 오르게 되었던 것이다.

　"내가 호랑이 새끼를 키웠네."

　"뭐?"

　"그냥 한국 속담이에요."

　민혁은 가볍게 웃고는 말을 이었다.

"아무튼 오랜만에 걔들 좀 보겠네요. 청소년대표팀에서 보고 처음인가?"

"어쩌면 앞으로 자주 보게 될지도 모른다. 모리사키랑 하라구치를 영입하려는 분데스리가 팀이 몇 개 있거든."

"그래요?"

이시카와는 고개를 끄덕인 후 설명을 보탰다. 모리사키는 분데스리가 2에 속한 '묀헨글라트바흐'와 협상 중이고, 하라구치는 'VfL 볼프스부르크'와 이적 논의가 이루어지고 있다는 내용이었다.

"볼프스부르크? 거기 제법 강팀이잖아요?"

"하라구치도 J리그에서 손꼽히는 공격수야. 지난 시즌에 23경기에 나와서 15골이나 넣었다고."

"그래요?"

"그래. 장염만 안 걸렸으면 득점왕도 가능했었어."

피식 웃던 민혁은 질문을 추가했다.

"근데 미나기타는요? 걔가 제일 잘한다면서요?"

"걘 나고야에서 안 보낼 거래. 장기계약까지 해놓은 상태라서 헐값엔 안 보낸다더라고."

"확실히 잘하긴 하나 보네요."

이 당시의 일본은 자국 선수들을 이적료 없이 분데스리가에 보내는 일이 유행하고 있었다. 선진 축구 경험을 쌓게 해서 한국과의 격차를 줄이겠다는 발상으로 이루어진 일이었다.

사실상 일본 축구협회에 의해 강제되는 일임에도 나고야가 선수를 보내지 않으려 한다는 건, 그만큼 미나기타의 능력이 뛰어나단 이야기였다.

고개를 끄덕인 이시카와는 민혁의 표정을 보고는 미간을 좁히며 질문을 던졌다. 너무도 평온해 보이는 민혁의 얼굴이 마음에 들지 않는 것 같았다.

"긴장 안 하나?"

"왜 긴장을 해요?"

민혁은 눈을 깜박였다. 아무리 생각해도 한국이 일본을 상대로 긴장을 할 이유가 없었기 때문이었다.

단적으로 말해, 당장 작년에 열린 월드컵만 봐도 그랬다. 한국은 당당히 8강에 올랐지만 일본은 조별 예선에서 탈락한 팀이었다. 긴장을 해도 일본이 해야지 한국이 할 이유는 없는 것이다.

그런 생각을 눈치챘는지, 이시카와는 묘한 표정으로 민혁을 보며 입을 열었다.

"한국이 지난 월드컵 8강에 올라간 강팀인 건 알지만 일본도 만만치는 않을 거야. 이번에 세대교체가 성공적으로 이루어졌으니까."

잠시 말을 멈췄던 이시카와는 자신만만한 표정으로 말을 이었다.

"지금 일본 대표 팀이 역대 최고의 대표 팀이다."

　　　　*　　　　　*　　　　　*

　─대한민국의 시청자 여러분 안녕하십니까. KBC 스포츠의
송영준 캐스터.

　─조용찬 해설 인사드립니다.

　결승전 당일 시작된 방송은 중계진이 바뀌어 있었다. 유럽
리그의 시즌이 바뀌는 것에 맞춰 프로그램을 개편했기 때문
이었다.

　─여기는 대한민국 대 일본, 일본 대 대한민국의 결승전이
열리고 있는 자카르타의 겔로라 붕 카르노 스타디움입니다.

　─경기장 이름이 참 재밌죠?

　─그렇습니다. 인도네시아의 초대 대통령인 수카르노를 기
념하기 위해 붙인 이름이라고 하는데요, 사실 이 수카르노는
독재자라는 평가를 받지만 이 인도네시아에선 아직도 영웅시
되고 있죠. 아직도 어마어마한 인기를 누리고 있습니다.

　─그거 마치 한국의 박정…….

　─아, 지금 막 선수들이 들어옵니다.

　송영준 캐스터는 다급히 조용찬 해설의 말을 끊었다. 정치
적으로 위험해질 수 있는 내용이기 때문이었다.

　캐스터의 말대로, 한국과 일본 양 팀의 선수가 그라운드로
들어왔다. 2007 아시안컵 결승전에 나설 스물두 명의 선수들

이었다.

그 사이에 끼어서 걷던 민혁은 옆에서 들려온 목소리를 듣고는 고개를 돌렸다.

"너 나 기억 못 했다며?"

말을 꺼낸 건 175㎝ 정도의 일본인 선수였다. 말하는 걸로 보아 아마도 미나기타 히사토라는 선수인 것 같았다.

"미나기타?"

"맞아."

"당연히 기억 못 하지. 너 어릴 때 나하고 이야기도 몇 번 안 하지 않았어?"

미나기타는 입술을 질끈 물었다. 틀린 말도 아니고 누가 잘못한 것도 아니지만 왠지 화가 치밀어 오르는 이야기였다.

"그래, 넌 주전이고 난 후보였으니까."

민혁은 어깨만 으쓱했다. 아무래도 피해의식이 좀 있는 것 같았다.

미나기타는 주먹을 꽉 쥐며 민혁에게 말했다.

"하지만 오늘은 다를 거다. 내가 널 완벽히 막을 거니까."

"자신 있어?"

"없어도 할 거다. 너만 이기면 내가 나고야 그램퍼스 주니어 최고가 되는 거니까."

민혁은 일본 측 벤치를 힐끗 보며 말했다. 모리사키 겐조와 하라구치 와타루가 있는 방향이었다.

"쟤들은 이겼다는 거야?"

"쟤들은 후보고 난 주전이야. 그럼 내가 이긴 거 아냐?"

"내가 보기엔 아닌 것 같은데? 그냥 포지션 경쟁자 수준이 달라서일 수도 있는 거잖아. 게다가 다나카 툴리오가 부상을 당해서 이번 대회에 차출도 안 됐다면서. 결국 대타로 들어온 거면서 이기긴 뭘 이겼다는 건데?"

미나기타는 그 말을 듣고 이를 갈았다. 그 말을 부정할 수 없음에 화가 난 모양이었다.

하기야 다나카 툴리오가 부상을 당하지 않았다면 그 역시도 벤치에서 이 경기를 맞이했을 가능성이 높았다. 브라질 출신의 일본인인 다나카 툴리오는 잦은 실수를 범하고 있음에도 일본 최고의 수비수로 명성을 떨칠 만큼 공수 양면에서 기술이 좋았기 때문이었다.

"경기가 끝나면 울게 해주지."

"할 수 있으면 그렇게 하든지."

민혁은 코웃음을 치며 경기 전 악수를 하고는 앞으로 향했다. 무슨 일이 있어도 일본이 한국을 이길 일은 없다는 생각이었다.

본래도 한국이 일본을 이기고 3위에 올랐던 대회였다. 아무리 그램퍼스 주니어 출신의 선수들이 일본에 추가되었다 해도, 그들이 자신과 같은 클래스가 아닌 이상에야 승부에 변화는 없을 터였다.

…라고 생각했던 민혁은 공은 둥글다는 격언을 느껴야 했다.

ㅡ아, 한국, 간신히 위기를 모면했습니다.

ㅡ일본 선수들 정말 열심히 뛰네요. 우리 선수들도 저렇게 열심히 뛰어야 합니다.

일본 국가대표팀을 이끄는 이비차 오심의 전술은 히딩크와 그 결이 닿아 있었다.

일본이 택한 전술은 최대한 많이 뛰고 압박하며 패스를 돌리는 스타일이었다. 그만큼 선수들의 체력 부담이 많아진다는 문제는 있었지만, 세대교체에 성공한 일본에겐 충분히 감당할 수 있는 부담이었다.

2002 멤버나 그들과 동년배인 선수들이 스쿼드의 절반을 차지한 대한민국은 일본의 압박에 부담을 느꼈다. 히딩크가 감독으로 있던 시절엔 체력과 압박을 중시했지만, 그 후로 본 프레레와 아드보카트, 그리고 핌 베어벡을 거치며 체력보다 기술에 중점을 둔 훈련을 한 영향도 있었다.

그건 스쿼드의 노쇠화가 불러온 문제였다. 나이가 들면서 체력이 회복되는 시간이 길어진 대표 팀에게 고강도의 체력 훈련을 시킬 수는 없기 때문에 내린 결정이었는데, 이번 경기에선 그것이 독으로 작용하고 있었다.

ㅡ대한민국의 최성욱 선수, 전방으로 돌파하지 못하고 공을 뺍니다.

—미나기타 선수의 수비가 좋았어요. 키는 작지만 매우 지능적으로 플레이를 하고 있습니다.

—저 선수가 J리그에선 일본의 칸나바로라고 불린다는데요, 그럴 만한 능력이 있는 선수인가요?

조용찬 해설은 긍정적인 답변을 꺼냈다.

—그렇습니다. 키는 175cm밖에 안 되지만 지능적인 움직임이 좋은 선수죠. 아시다시피 이탈리아의 칸나바로 선수도 176cm지만 지능적인 수비로 발롱도르까지 수상하지 않았습니까? 저 미나기타 선수도 부족한 피지컬을 수비 기술과 수비 지능으로 커버하는 선수인데, 작년 J리그 수비수 순위에서 무려 3위에 올랐죠. 1위를 한 다나카 툴리오 선수와 비교해도 그렇게 큰 차이는 나지 않았습니다.

—그래 봐야 J리그 아닌가요? 그런데 칸나바로와 비교하기는…….

—그러니까 J리그의 칸나바로죠. 우리가 최성욱 선수를 리틀 마라도나라고 부르는 것과 같습니다.

—사실 마라도나에 가장 가까운 건 윤민혁 선수죠. 그러고 보면 윤민혁 선수는 이번 대회에서 팀에 합류한 이후 연속으로 멀티골을 터뜨리지 않았습니까? 겨우 2경기를 뛰고 득점 순위 3위예요.

—이번 경기에서도 윤민혁 선수의 득점포를 기대하시는 분들이 많을 겁니다. 개인적으로도 큰 기대를 걸고 있는데, 부

디 그 기대가 헛것이 되지 않기를 바라는 마음입니다.

하지만 해설진의 기대는 쉽사리 이루어지지 않을 것 같았다.

"잘하는데?"

민혁은 미나기타를 비롯한 일본 수비수들의 움직임에 감탄했다. 그들과 일본의 수비형미드필더인 아베 유키, 그리고 중앙미드필더인 엔도 야스히토의 조합은 이탈리아의 카테나치오를 연상시키는 단단한 수비력을 보이고 있었고, 그들을 지휘하는 건 수비진에서 가장 어린 미나기타 히사토였다. J리그의 칸나바로라는 말이 무색하지 않을 만한 활약이었다.

그 정도의 수비력엔 민혁도 큰 힘을 발휘하지 못했다. 주변에 있는 동료들이 민혁을 커버해 줘야 활동이 편해지는데, 박지석과 이현수를 제외한 나머지는 일본의 압박을 이기지 못하고 공을 뒤로 돌리거나 공을 탈취당하기 일쑤였기 때문이었다.

물론 일본도 특별한 찬스는 만들지 못했다. 민혁과 박지석을 견제하느라 세 명이나 되는 선수가 공격에 참여하지 못하고 있는 까닭이었다.

—대한민국의 최성욱 선수, 또 미나기타 선수에게 가로막힙니다.

—미나기타 선수 정말 잘하는군요. 칸나바로 같습니다.

—하지만 최성욱 선수가 조금만 더 빨랐다면 충분히 뚫을

수 있었죠. 이 자리에 없는 박주혁 선수가 그리워지는 순간이 었습니다.

중계진은 민혁이 들었더라면 욕을 했을 소리를 하고 있었다. 민혁이 경기에 나선 덕분에 그 말을 듣지 않은 게 다행이었다.

―전반전도 이제 1분밖에 남지 않았는데요, 조용찬 해설께선 이 경기의 전망을 어떻게 보십니까?

―양 팀 모두 결정적인 한 방을 넣지 못하고 있습니다. 그에 반해 미드필더진에서는 치열한 싸움이 벌어지고 있죠. 대한민국과 일본 모두 체력 소진이 심할 겁니다.

―일본 측에선 벌써부터 선수교체를 준비하고 있는 것 같습니다. 아마 후반에 바로 투입하겠죠?

―그만큼 일본 선수들이 열심히 뛰었다는 거죠. 특히 공격진의 체력 누수가 심할 겁니다. 수비하랴 역습하랴 이만저만 고생이 아니었겠죠.

그런 이야기가 나오는 동안 전반이 끝났다. 양 팀 선수들 모두 힘든 기색이 얼굴에 떠올라 있었다.

후반 시작과 동시에, 일본 감독 이비차 오심은 주전 공격수인 다카하라 나오히로와 사토 히사토를 빼고 모리사키 겐조와 하라구치 와타루를 투입시켰다. 그램퍼스 주니어 출신의 선수 모두가 경기장에 들어오게 되는 순간이었다.

"오랜만이다."

"어, 그래."

민혁은 새로 들어온 선수들과 웃으며 악수했다. 미나기타를 대할 때와는 정반대의 표정이었다.

"이번엔 안 져."

"힘들걸."

민혁은 하라구치의 말에 웃으며 답하고는 자리로 돌아갔다. 하지만 등을 돌린 순간부터는 묘한 위기감에 미간을 살짝 찌푸리고 있었다. 전력상으로는 대한민국이 유리하다고 생각했지만, 그램퍼스 주니어 선수들이 한곳에 뭉치면 지금보다 시너지가 날 거라는 점이 예상되고 있었던 탓이었다.

그런 걱정은 이내 현실이 되었다.

그램퍼스 주니어 출신 선수들은 환상적인 호흡을 보였다. 마치 바르셀로나의 사비와 이니에스타의 연계를 연상시키는 팀플레이였다.

하기야 11살 때부터 지금까지 계속 발을 맞춰온 선수들이니, 저런 플레이를 보이지 못하는 게 오히려 이상할 터였다.

하지만 그들은 사비와 이니에스타만큼의 기량이 없었다. 팀워크 자체는 그들에 비해서도 떨어지지 않았으나, 선수가 가진 기본 기량의 차이로 인해 플레이의 결과가 완전히 달랐다.

사비와 이니에스타였다면 대한민국의 수비진을 완전히 농락하고 들어가 슛까지 이어졌겠지만, 일본의 이번 플레이는 풀백 송종욱의 태클에 끊겨 버린 것이다.

"민혁아! 달려!"

송종욱은 소리를 지른 후 앞으로 공을 걷어찼다. 민혁에게 볼경합을 시키겠단 의도였다.

프리미어리그에서의 민혁은 스피드에 강점이 있는 선수가 아니었지만, 아시아 무대에서는 민혁의 주력도 톱클래스라 부를 만한 수준이었다.

거기에 모든 걸 건 한 방의 역습이었다.

민혁은 송종욱의 기대에 부합하는 움직임을 보였다. 약간 짧게 떨어진 공을 뒷발로 차 수비를 넘긴 민혁은 떨어진 공을 잡아 계속해서 질주했고, 역습을 위해 달려 나왔던 일본의 선수들은 민혁을 보고서도 붙잡지 못했다.

"미나기타!"

엔도 야스히루가 마지막 희망을 담아 그를 불렀다. 아직 미나기타 히사토와 쓰보이 게이스케라는 두 명의 센터백이 남아 있음에 기대를 하고 있는 것 같았다.

하지만 기대는 순식간에 사라졌다.

민혁은 미나기타와 쓰보이 게이스케의 사이를 뚫었다. 완벽하다고밖에 할 수 없는 라 크로케타(La Croqueta)로 두 사람을 모두 제치고 달린 것이다.

—윤민혁 선수가 두 선수 사이를 뚫었습니다! 남은 수비 없습니다!

일본의 골키퍼 가와구치 요시카쓰는 다급히 달려 나와 각도를 좁혔다. 어떻게든 민혁을 붙잡고 늘어지겠다는 의도가 보이는 표정이었다.

민혁은 그마저도 제치고 들어가 빈 골문에 공을 밀어 넣었다. 대한민국의 선제골이었다.

—윤민혁 선수 세 경기 연속골! 미드필더임에도 공격수 못지않은 득점력을 보이고 있습니다!

—이제 15분만 버티면 우승입니다! 정말 오랜만에 우승이 이뤄지는 거죠!

—핌 베어벡 감독, 정말 흡족한 표정입니다. 사실 윤민혁 선수가 합류하기 전엔 공격력 부재로 많은 비판을 받았었거든요. 그런데 이렇게 세 경기 연속골을 터뜨려 주는 선수가 나왔으니 정말 기쁠 겁니다.

대한민국은 그 골을 시작으로 철통 수비 모드에 들어갔다. 베어벡은 공격의 핵심인 민혁을 내보내고 수비수를 들여보내는 강수까지 써가며 그 1점을 지키려 했고, 결국 우승컵을 손에 넣을 수 있었다. 무려 57년 만에 거둔 아시안컵 우승이었다.

선수들은 환호하며 베어벡 감독을 헹가래 쳤다. 그들 역시도 57년 만의 아시안컵 우승에 흥분을 감추지 못하는 표정이었다.

그렇게 대한민국 선수들이 환호하고 있을 때, 미나기타는 주먹을 꽉 쥐며 코치진을 바라보고 입을 열었다.

"코치님."

"응?"

"저도 영국 보내주세요."

『인생 2회 차, 축구의 신』 6권에 계속…

초대형 24시 만화방

신간 100%, 샤워실, 흡연실, 수면실(침대석), 커플석, 세탁기 완비

■ 광명 광명사거리역점 ■

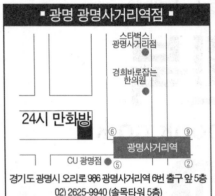

경기도 광명시 오리로 986 광명사거리역 6번 출구 앞 5층
02) 2625-9940 (솔목타워 5층)

■ 강북 노원역점 ■

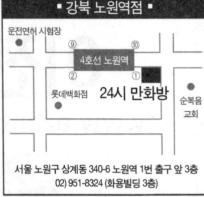

서울 노원구 상계동 340-6 노원역 1번 출구 앞 3층
02) 951-8324 (화용빌딩 3층)

■ 일산 정발산역점 ■

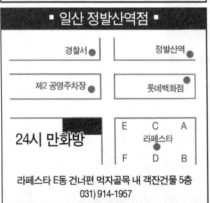

라페스타 E동 건너편 먹자골목 내 객잔건물 5층
031) 914-1957

■ 일산 화정역점 ■

경기도 고양시 덕양구 화정동 984번지 서일빌딩 7층
031) 979-4874 (서일사우나 건물 7층)

■ 부천 역곡역점 ■

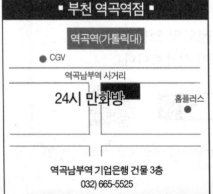

역곡남부역 기업은행 건물 3층
032) 665-5525

■ 부평역점 ■

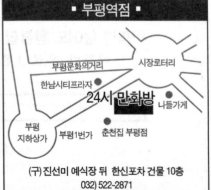

(구)진선미 예식장 뒤 한신포차 건물 10층
032) 522-2871

너의 옷이 보여

킹묵 현대 판타지 소설
MODERN FANTASTIC STORY

꿈을 안고 입학한 디자인 스쿨에서
낙제의 전설을 쓴 우진.
실망한 채 고국으로 돌아오기 직전 교통사고를 당하고,
아무것도 보이지 않던 왼쪽 눈에
무언가가 보이기 시작한다.

그것도 어딘가 이상하게.

오직 그 사람만을 위한 세상에 단 한 벌뿐인 옷.
옷이 아닌 인생을 디자인하라!

디자이너 우진, 패션계에 한 획을 긋다!

밥도둑
약선요리왕

가프 현대 판타지 소설

MODERN FANTASTIC STORY

유치원 편식 교정 요리사로 희망이 절벽인 삶을 살던
3류 출장 요리사.

압사 직전의 일상에 일대 행운이 찾아왔다.

[인류 운명 시스템으로부터 인생 반전 특별 수혜자로 당첨되었습니다.]
[운명 수정의 기회를 드립니다.]
[현자급 세 전생이 이룬 업적에서 권능을 부여합니다.]
-요리 시조의 전생으로부터 서른세 가지 신성수와 필살기 권능을 공유합니다.
-원조 대령숙수의 전생으로부터 식재료 선별과 뼈, 씨 제거법 권능을 공유합니다.
-조선 후기 명의의 전생으로부터 식치와 체질 리딩의 권능을 공유합니다.

동의보감 서른세 가지 신성수를 앞세워
요리의 역사를 다시 쓰는 약선요리왕.
천하진미인가, 천하명약인가? 치명적 클래스의 셰프가 왔다!

Book Publishing CHUNGEORAM

유행이 아닌 자유추구-
WWW.chungeoram.com

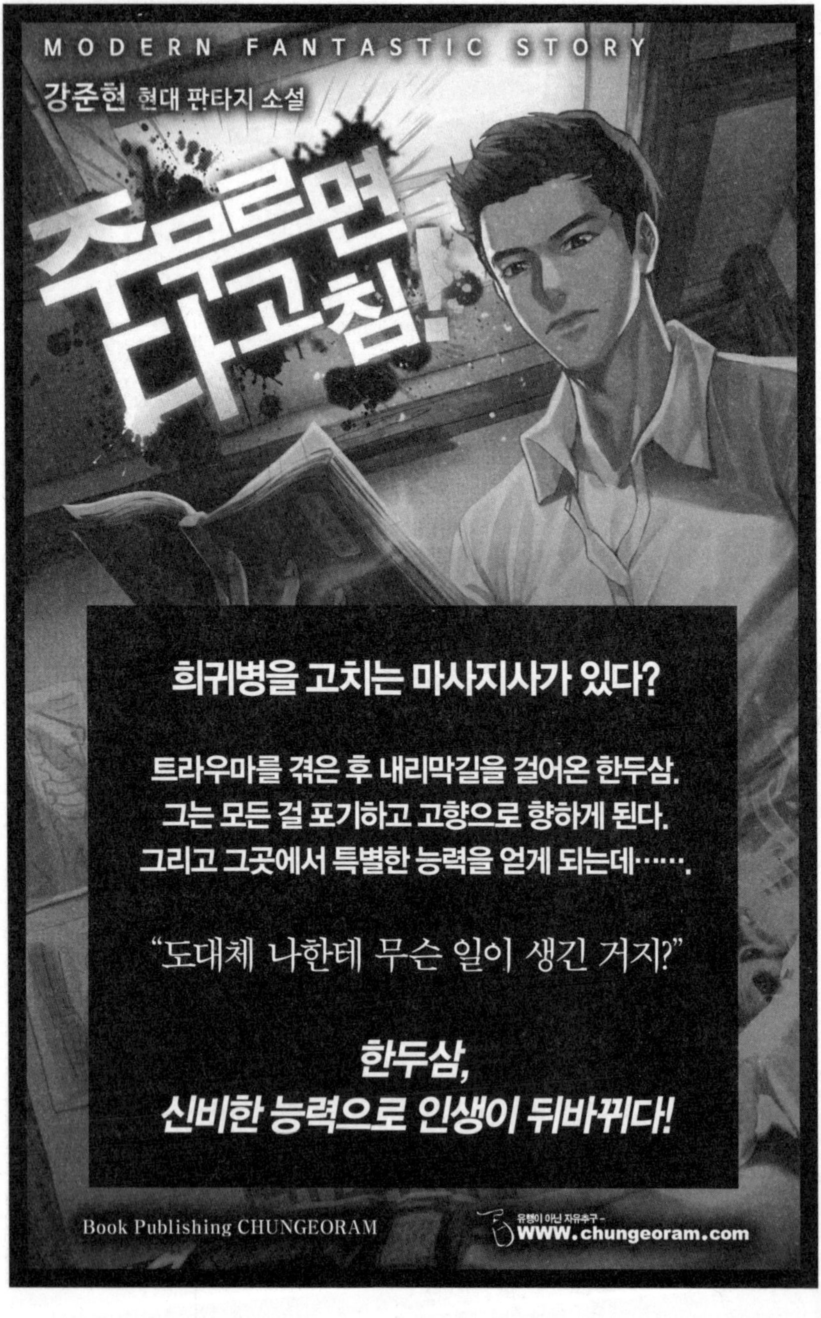
MODERN FANTASTIC STORY
강준현 현대 판타지 소설
주무르면 다 고침!
희귀병을 고치는 마사지사가 있다?
트라우마를 겪은 후 내리막길을 걸어온 한두삼.
그는 모든 걸 포기하고 고향으로 향하게 된다.
그리고 그곳에서 특별한 능력을 얻게 되는데…….
"도대체 나한테 무슨 일이 생긴 거지?"
한두삼,
신비한 능력으로 인생이 뒤바뀌다!
Book Publishing CHUNGEORAM
유행이 아닌 자유추구 -
WWW.chungeoram.com